지적 생활을 위한
최소한의 세계문학 가이드 100

지적 생활을 위한 최소한의 세계문학 가이드 100

조지프 피어시 지음 | 김현수 옮김

청소년부터 성인까지
고전 독서를 막 시작한 이들을 위한
한 권으로 끝내는 세계문학 필독서 100권

시프

일러두기

- 인명과 기관명 등의 고유명사 표기는 국립국어원 외래어표기법을 따르되 국내에 이미 널리 통용되는 표현이 있는 경우 관습 표기에 따랐다.
- 본문에 소개한 문학 작품이 국내에 출간되지 않은 경우에는 원서 제목을 직역해 적고 원서명을 병기했다.

사랑하는 앨런 피어시 박사(1941. 3. 13-2023. 1. 9)를

추모하며

차례

서문

1장

사랑과 관계

2장
사람과 사회

3장
억압과 갈등

4장
심리와 정체성

5장

역사와 기억

서문

우리를 끊임없이 사유하게 만드는 고전 명작으로의 초대

내가 제일 처음 읽었던 책은 무엇이었을까? 그걸 기억해내려고 얼마간 애를 써보았다. 여기서 첫 책이란 진짜 책다운 책, '어른들이 읽는' 책, 200쪽이 넘는 소설이란 뜻이다. 나는 로알드 달의 책들, 스웨덴 아동 작가 닐스 올로프 프란젠Nils-Olof Franzén의 탐정 소설인 애거톤 색스 시리즈 그리고 그 밖에도 어린이 고전을 많이 읽었다. 그야말로 걸신들린 듯이 읽어댔다. 그 수많은 책 중 내게 깊은 인상을 남기고 삶과 이 세상에 대해 무언가를 가르쳐준, 그래서 지금까지 내 안에 흔적을 남긴 첫 번째 책은 무엇일까?

그건 아마도 리처드 애덤스의 《워터십 다운》(1972)일 것이다. 이 소설은 표면상으로는 토끼에 대한 이야기지만, 사실은 억압과 독재에 대한 저항, 자유를 향한 여정을 그린 영웅 신화나 영원불멸의 서사를 빌려온 종교적, 정치적 우화이며, 에코 스릴러물eco-thriller의 효시이기도 하다. 400쪽이 넘는 그 책의 마지막 페이지를 넘길 때의 뿌듯함이 아직도 생생하지만, 그와 동시에 나는 기이한 상실감을 경험하기도 했다. 이야기에 너무 몰입한 나머지 등장인물들을 친구처럼 느끼게 됐고, 이야기가 끝나자 못내 서운했던 것 같다. 나는 당시에 그들을 그리워하며 지냈다. 하지만 25년 가까운 세월이 흐르고 나서 리처드 애덤스가 《워터십 다운》의 속편을 발표했을 땐, 나의 그리움은 이미 정리된 뒤였다. 물론, 《워터십 다운》의 토끼들 자리는 내 마음 한구석에 언제나 남아 있을 테지만.

위대한 러시아계 미국 작가 블라디미르 나보코프는 그의 수필 〈좋은 독자와 좋은 작가Good Readers and Good Writers〉에서 이렇게 주장했다. "책은 한 번으로는 읽을 수 없다. 독서는 오직 재독으로만 가능하다."

만약 지금 《워터십 다운》을 다시 읽는다면 나는 어떤 느낌을 받을까? 여덟 살짜리 소년의 상상력을 사로잡아버린 이야기가, 닳고 닳은 50대의 마음에 그때와 같은 깊은 영향을 줄 것 같진 않다. 하지만 처음 읽을 때 놓칠 수밖에 없었던 것들을 볼 수 있을 것 같긴 하다. 그때 나의 경험치의 한계를 생각하면 당연한 일 아닌가.

우선, 책 속의 암컷 토끼에 대한 묘사를 고려하면 아마도 이 책은 벡델 테스트(작품의 성 평등 정도를 평가하는 테스트—옮긴이)를 통과하지 못할지 모른다. 암컷 토끼의 가치를 대체로 번식 목적으로만 인정했다는 점은 애덤스 소설이 종종 받는 비평이다. (애덤스 소설을 좀 더 객관적인 시선으로 본다면 이 책은 엄청난 번식력을 자랑하는 토끼들 이야기에 가깝다.)

《워터십 다운》에 대한 나의 애정을 훼손하고 싶지 않은 마음에, 나는 나보코프의 조언을 따르지 않고 재독을 거부했다. 그 덕에 헤이즐, 파이버, 빅윅, 운드워트 장군의 이야기는 영원히 나의 어린 상상력의 렌즈를 통해 볼 수 있을 거다.

그래도 이 책을 위한 조사를 할 때는 나보코프의 조언을 받아들여, 내 인생의 각기 다른 시점, 내 지성의 다양한 발전 단계에서 읽었던 책들을 다시 읽어보았다. 흥미롭게도, 지난 30년이란 세월에 걸쳐 읽고 공부했던 이야기와 등장인물들을 다시 접했을 때 어떤 책들은 무척 다른 느낌으로 다가왔다.

독서를 하기 위해 종이를 가로지르며 시선을 옮기는 신체적 행위를 하다 보면, 첫 번째 독서에서는 소설의 깊이를 제공하는 예술적 디테일과 뉘앙스를 놓칠 수밖에 없다고 나보코프는 주장한다. 독자 개개인이 어떤 목적으로 어느 정도 몰두하느냐에 따라 차이가 있다는 점을 감안하면 논쟁의 여지가 있는 주장이긴 하다. 첫 번째 독서에서 뉘앙스를 놓칠 수 있다는 점에서 나보코프가 옳다는 것은 인정하지만, 그 이유는 독자의 세상과 사회에 대한 견해가 세월에 따라 변하기 때문이라고 나는 생각한다.

내가 대학생이었던 20대 초반에 읽었던 커트 보니것의 《제5도살장》을 예로 들면, 그 당시엔 소설이 정말 재미있었다. 그 책을 통해 그때까지 알지 못했던 연합군의 드레스덴 폭격에 대해 알게 됐고(승리자들은 전쟁 범죄에 대해 비난받는 일이 거의 없으므로), 책 속의 환각적이고, 들쭉날쭉한, 시간을 넘나드는 공상 과학의 사이키델릭 아트를 마음껏 즐기기도 했다. 30년이 흐른 후 소설을 다시 읽어보고는, 이 소설에 분노가 들끓고 있으며, 마음을 불편하게 만드는 비애가 소설 전반에 흐른다는 사실에 깜짝 놀랄 수밖에 없었다. 물론 농담들이 곳곳에 심어져 있지만 농담조차 슬프고 유머도 음산한 것들이지, 내가 기억하는 단순한 난봉꾼 같은 도발이 아니었다.

비슷한 예로, 대학에 다니며 에드워드 모건 포스터에 대해 공부할 땐 그의 작품들이 정말 지루하다고 느꼈다. 코믹한 요소랍시고 등장하는 내용조차 자연스럽지 않고 작위적으로만 느껴질 뿐, 에드워드 7세 시대의 미덕이나 현대성에 대한 반발이라는 비평도 별로 와닿지 않았다. 즐거움을 위한 독서와 시험이나 과제를 위한 독서에는 당연히 차이가 있기에, 포스터에 대한 당시 나의 견해는 공부라는 노역의 영향을 받았을 가능성이 높다. 그러나 30년이 흐른 뒤 《전망 좋은 방》을 다시 읽으니 미묘한 아이러니가 얼마나 아름다운지, 유머가 얼마나 은근하고 산뜻한지, 문체가 얼마나 간결한지 깜짝 놀라고 말았다. 모두 첫 번째 독서에선 놓친 부분들이다.

이 책은 독서(혹은 재독)의 기쁨에 대한 나의 오마주이며, 문학의 고전들을 통해 인생과 세상에 대한 이해를 풍요롭게 하는 방법을 강조하려는 목적으로 썼다. '인생 수업'이라는 것은 규범적인 것이 아니다. 각기 다른 사람들은 다양한 책을 통해 다양한 것들을 흡수하고, 주제와 생각을 다양한 방식으로 해석한다. 나는 그저 이 목록에 오른 다양한 소설을 통해 기대할 수 있는 풍미와 생각들을 제공하려는 시도를 했을 뿐이다. 스포일러에 대해 한마디 하자면, 가능한 선에서 소설 전체의 줄거리는 누설하지 않으려고 애썼지만, 때로는 이야기의 핵심 사건을 배제하고 어떤 주제나 교훈을 추정하는 것이 불가능한 경우도 있었다. 어쨌든 이 책에 실린 내용은 그저 맛보기의 목적일 뿐, 책 속에서 독자들이 발견하게 될 기쁨과 해석은 무궁무진하다.

소설이 역사적으로 다루어온 주제들은 다섯 개의 장으로 나누어 실려 있다. 가장 분량이 많은 장은 '인간과 사회'로, 소설이란 것이 인간의 성격(말하는 토끼는 제외하고)을 가진 등장인물들로 구성되고, 소설에 대한 전통적인 견해가 사회를 반영하는 거울이라는 점을 고려하면 당연한 결과일 수밖에 없다. 다른 네 개의 장 역시 인간과 사회에 대한 소설들이 실려 있지만, 심리 분석이나 갈등의 묘사 면에서 좀 더 범위를 좁혀 어떤 것에 초점을 맞추고 있는지를 고려했다. 물론, 여러 분야에 전부 해당되는 소설도 여럿 있다. 예를 들어 《더버빌가의 테스》는 '사랑과 관계'라는 장에 실려 있지만 '억압과 갈등', '사람과 사회' 편에도 무난히 들어갈 수 있는 작품이다. 결국은 관점에 따라 혹은 작품 속 주제의 어떤 특정한 요소를 강조하느냐에 따라 분류는 얼마든지 달라질 수 있다.

책에 실린 작품들은 다양한 문화를 반영하는 국가별 다양성을 고려해서 선정됐다. 그 과정에 본의 아니게 유럽 소설 쪽으로 치우친 감이 있는데, 이는 소설의 현대적 형식이 유럽에서 기원하고 발전한 이유가 크다. 그렇기는 해도 예전에는 친숙하지 않았던 책들, 그중에서도 특히 아시아의 작품을 발견하는 기쁨이 아주 컸다. 이런 유형의 목록들이 다 그렇겠지만, 책들의 목록은 온전히 내 마음대로 선정한 것일 뿐, 어떤 식으로도 권위를 내세운다거나 이것만이 옳다고 확정 짓겠다는 의도는 없다. 하지만 흥미롭게도 인터넷에서 '역사상 가장 위대한 소설 100선'이나 '20세기의 위대한 소설 100권' 같은 목록을 언뜻 살펴보니 이 책에 실린 소설들과 겹치는 책이 많았다. 역시 '고전'은 괜히 고전이 아닌 것.

딱 하나 아쉬운 점이 있다면 여성 작가들이 다소 적게 소개됐다는 것인데, 이는 역사적으로 여성 작가들에게 기회가 적게 제공됐음을 보여주는 부분이기도 하다. 하지만 최근 통계에서, 2022년 미국 베스트셀러 소설 1000위에 든 작품 중 여성 작가가 70퍼센트를 차지하고 있는 걸 보면, 이 현상도 변화 중임을 알 수 있다. 만약 이 책과 비슷한 책이 100년이란 시간이 흐른 뒤 출판된다면 성 비율에 훨씬 균형이 잡히리라 생각하며, 그러기를 바라마지 않는다.

이 책을 엮으며 얻은 또 하나의 기쁨은 독서에 대한 나의 사랑에 다시 불이 붙었다는 점이다. 스마트폰, 컴퓨터, 멀티미디어, 인터넷, 24시간 쏟아지는 뉴스, 스트리밍 TV 서비스 등

등 때문에 요즘은 산만해지기도 너무 쉽고, 조용히 자리를 잡고 앉아 책을 붙들고 읽을 시간을 찾기도 점점 힘들다. 나는 이제부터 그런 시간을 찾아보기로 하고, 스케이트보드 타는 고양이들을 보며 뇌를 썩히는 시간을 좀 줄이기로 결심했다.

책은 우리에게 삶과, 그 안에서 우리를 둘러싸고 살아가는 사람들에 대해 가르쳐준다. 그렇게 터득한 것들로 우리는 나 자신과 타인을 더욱더 깊이 이해할 수 있으리라.

1장

사랑과 관계

사랑의 탐구는 세계 문학사의 단골 주제로 등장해왔다. 로맨스 소설이라는 장르의 기원은 4~5세기 고대 그리스 로맨스 소설로 거슬러 올라가는데, 사랑에 불타는 주인공들이 온갖 시험과 역경을 극복한 뒤에야 마침내 사랑을 이룬다는 서사는 바로 이 시기의 소설들에서 정립된 것이다. 이 장르에서 주목할 만한 작품은 에메사의 헬리오도로스가 쓴《아에티오피카》이다. 이 소설은 16세기 중반에 유럽 언어로 처음 번역된 후, 미구엘 드 세르반테스, 윌리엄 셰익스피어 그리고 이 소설을 본인의 최애 작품이라 밝힌 17세기 프랑스 극작가 장 라신을 비롯한 많은 작가들의 본보기가 되었다.

19세기부터 로맨스 소설은 모두가 인정하는 하나의 문학 형식으로 진화했고, 여성의 개성과 열망을 좀 더 건설적이고 긍정적인 시각으로 묘사하기 시작했다. 제인 오스틴과 브론테 자매 같은 영국 작가들의 작품은 이 시기 소설을 사랑과 열망의 심리를 다루는 방향으로 이끄는 데 중요한 역할을 했다. 문학에서 사랑이라는 주제는 매우 다양한 관점에서 탐구되어왔다. 셰익스피어의 '비운의 연인' 로미오와 줄리엣으로 대표되는 비극적인 사랑이 있는가 하면, 요즘 현대 여성들 사이에서 인기 있는 로맨틱 코미디도 있고, 사랑에 대한 집착이 파괴적인 폭력으로 변질되는, 어두운 심리를 다룬 경우도 있다. 하지만 작가가 사랑이라는 것을 어떤 각도에서 다루든 간에 우리는 소설을 통해 우리 자신에 대해 배우기도 하고, 사랑을 대하는 태도와 사랑을 이해하는 법을 배울 수 있다.

《제인 에어》

샬롯 브론테

줄거리

강인한 의지를 가진 여인 제인 에어가 도덕적, 정신적 성장을 이루는 과정을 그린 고딕 소설.

책 속 인생 수업

도덕적으로, 영적으로 확신을 주는 사랑을 찾는다면 그것이야말로 삶의 진정한 성취일 것이다.
살아가면서 어떤 곤경이 닥칠지라도 흔들림 없이 자신의 줏대를 지킬 것.

오랫동안 사랑받아온 고전 《제인 에어》(1847)는 19세기 고딕 로맨스 소설의 대표작이다. 샬롯 브론테는 잔인하고 괴물 같은 등장인물들, 불길하고 금욕적인 배경 그리고 이 작품을 대표하는 어두운 비밀 ('다락방의 미친 여자'의 시초)을 통해 고딕 소설 특유의 요소들을 노련하게 엮어내며 최초로 '페미니스트 소설'의 아이콘을 탄생시켰다. 비록 성 평등이라는 주제를 직접적으로 다루지는 않았지만, 강철 의지를 지닌 데다 독립적이고 똑부러진 '제인'이라는 인물은 불운과 역경에 굴하지 않고 당차게 맞서는 모습을 보여준다. 뜨거운 열정과 자의식을 지닌 제인 에어의 모습은 당시 독자들에게 새롭고 매혹적인 여성상을 제시했다. 또한 여성의 입장에서 사랑과 욕망을 다뤘다는 사실만으로도 큰 화제를 모았다. 소설의 결말에서 제인은, 로체스터의 조건이나 빅토리아 왕조 중기의 가부장적 제약에 휘둘리지 않고, 자신이 원하는 조건으로 당당히 로체스터와 결혼할 수 있는 경제적 독립과 지위를 이루어낸다. 그녀의 독립적인 정신은 다음 문장에 아름답게 집약되어 있다.

> 만약 나의 자존감을 지키기 위해, 혹은 상황이 불가피해져 혼자 살아갈 수밖에 없다면 얼마든지 그럴 수 있다. 내 영혼까지 팔아가며 행복을 살 필요는 없다. 외적인 즐거움이 내게 허락되지 않거나 그런 즐거움을 누리는 것이 내 능력 밖이라 해도 괜찮다. 내가 타고난 내면의 보물들이 나를 살아 있게 할 것이기 때문이다.

《마담 보바리》

귀스타브 플로베르

줄거리

둔감하고, 별 매력 없는 프랑스 시골 의사가 매혹적이지만 변덕이 심한 여자를 만나 결혼한다. 하지만 그녀는 로맨틱한 모험, 은밀한 관계 그리고 '아름다운 삶'을 갈망한다. 시골의 권태로운 일상으로부터 탈출하고 싶은 엠마 보바리가 두 차례 불륜을 저지르며 불행을 자초한 이야기.

책 속 인생 수업

로맨틱한 환상과 삶이라는 현실을 구분하지 못하면 그 끝은 비극일 뿐이다.

프랑스 사실주의 문학이 거둔 최고의 성과로 꼽히는《마담 보바리》는 지리멸렬한 현실에서 스스로의 욕망에 질식한 한 인간의 삶을 냉철하면서도 아름다운 문장으로 풀어냈다. 소설 제목의 주인공인 엠마 보바리는 그녀 안에 가득한 허영 때문에 파멸하고 마는, 고전적 의미의 비극의 여주인공이다. 엠마는 변덕스럽고 멍청하며, 머릿속엔 그저 낭만적 환상과 몽상만 가득 찬 여자로 보인다. 귀스타브 플로베르는 다음과 같은 극적인 문장으로 엠마를 조롱의 대상으로 만들었다. "그녀는 죽고 싶기도 했지만, 파리에서 살아보고 싶기도 했다."

사회적 지위와 물질적 부에 대한 그녀의 갈망은 시골의 따분하고 관습적인 삶과 상당한 대조를 이룬다. 원작의 부제가 '시골 풍속'인 이유도 그 때문이다. 결국 그녀는 불륜을 저지르고 만다. 그러나 필사적인 노력과 온갖 계략에도 불구하고, 엠마 보바리는 충족감을 느끼지 못한다. '아름다운 삶'에 대한 환상은 현실 자체를 변질시켰다. 그녀가 이상이라 여긴 몽상과 자극이라고는 없는 현실 사이의 괴리는 그녀에게 엄청난 슬픔과 좌절을 안겨줄 뿐이었다.

> 그녀는 마음속 깊은 곳에서 언제나 어떤 사건이 일어나기를 기다렸다. 난파한 배의 선원처럼, 저 멀리 수평선의 안개를 뚫고 흰 돛이 나타나길 바라며 고독한 삶에서 시선을 돌려 간절히 다른 곳에 눈길을 던졌다. 어떤 바람이 그녀에게 불어올지, 그 바람이 그녀를 어느 해안으로 데려다줄지, 아주 조그마한 배든 혹은 거대한 선박이든 과연 어떤 배가 나타날지, 그 배에 비통함만 가득 실려 있을지 혹은 황홀함이 넘칠지 그녀는 전혀 알지 못했다. 다만 매일 아침 눈을 뜨면 오늘이 그날이길 바랄 뿐이었다. 그녀는 모든 소리에 귀 기울였고, 그 소리에 흠칫 놀라기도 했지

만, 곧 아무 일도 일어나지 않는다는 사실이 의아했다. 그러다가 매번 이어지는 일몰에 슬퍼하며 또다시 내일을 갈망했다.

미풍양속 모독죄로 법정에 간 플로베르

1856년 〈파리 평론Revue de Paris〉이라는 문학잡지 연재물로 처음 발표된 《마담 보바리》는 엄청난 돌풍을 일으켰다. 플로베르는 이 소설로 외설 논란에 휩싸여 '미풍양속 모독'의 죄목으로 법정에 서게 된다. 다행히 무죄 판결을 받았지만 이 사건을 둘러싼 세간의 폭발적 관심은 책의 판매고와 작가의 명성을 높이는 데 크게 기여했다. 검사들은 이 책이 프랑스 중상층에 간통을 미화해서 보여주고, 시골 주부를 최초의 여성 색광증 환자로 묘사하는 것에 대해 염려했다. 물론, 말도 안 되는 얘기들이다. 이 소설은 부르주아들의 문제점을 드러낸 19세기 유럽 사실주의 소설의 걸작으로 손꼽히는 작품이다. 역설적이게도, 재판에서 검사장은 허구인 소설에서 현실을 드러내려는 시도는 그것이 어떤 것이든 상식적인 예의에 어긋나는 것으로 간주할 수밖에 없다고 주장했다. 바로 이런 언행이 《마담 보바리》에서 풍자하고 있는 중상층의 위선적인 태도 아닐까.

《콜레라 시대의 사랑》

가브리엘 가르시아 마르케스

줄거리

전쟁과 질병으로 점철된 격동의 반세기를 배경으로 한 금지된 사랑 이야기.

책 속 인생 수업

상사병은 질병으로 간주할 수 있지만, 인내와 끈기로 끝내 극복하고 이겨낼 수도 있는 것.

이 소설은 전통적인, 감상적 사랑 이야기와는 거리가 멀다. 가르시아 마르케스는 독자들의 기대를 끊임없이 저버리며 농간을 부린다. 주요 등장인물을 사고로 갑자기 죽여버리는 것이 바로 그 단적인 예다.

주인공 플로렌티노는 콜레라와 전쟁의 공포 속에서 사랑하는 여인 페르미나를 무려 51년간 기다린다. 페르미나는 끝내 플로렌티노의 사랑을 받아주지 않았지만, 그럼에도 그는 그녀에게 정절을 지키기로 맹세한다. 그러나 얼마 지나지 않아 끝없이 여자를 탐하기 시작하며 수백 명의 여성을 유혹하고 정사를 나눈다. 페르미나를 잊기 위해 여자들을 만났지만 사랑의 감정만 더 깊어질 뿐 그 끝은 좋지 않았다. 그가 유혹한 여자들 중 대다수가 불행하거나 쉽게 상처받는 성향이었고, 그의 유혹은 자살이나 살인 등 비극적 결말로 이어진다. 하지만 그는 자신의 방탕한 행동을 뉘우치거나 책임지는 모습을 거의 보이지 않는다.

1985년에 출판된 《콜레라 시대의 사랑》은 작품성과 대중성을 동시에 인정받은 소설로, 가르시아 마르케스는 다양한 관점과 각기 다른 사회적, 역사적 배경에 따른 사랑의 개념을 탐구한다. 사랑은 결국 수많은 역경과 비극을 초월한다. 그 사랑이 속임수나 자기기만에서 완전히 자유롭지 않다고 해도 말이다. 플로렌티노는 페르미나의 남편이 죽자 장례식장에서 자신의 끈질기고도 지난한 사랑을 이렇게 고백한다. "당신에게 영원한 충성과 변치 않는 사랑을 맹세할 이 기회가 다시 한번 찾아오기를 나는 반세기 넘도록 기다려왔소."

그는 자신의 사랑의 서사를 통해 독자들마저 유혹하려 하고 있는 것이다.

콜레라 시대, 질병과 분노 사이

스페인어로 '콜레라'를 뜻하는 단어 'cólera'에는 두 가지 뜻이 있다. 하나는 소설의 배경이 된 바로 그 질병이고, 또 하나는 격정적 분노다. 따라서 이 책의 제목은 사랑의 열병과 그에 따르는 격정과 분노를 결합한 말장난인 것. 콜레라의 마수로부터 도시를 구원하기 위해 헌신적으로 노력하는 후베날 우르비노 박사의 모습은, 플로렌티노의 치기 어린 격정과 분노로부터 아내 페르미나를 해방시키고픈 마음의 은유이기도 하다.

《롤리타》

블라디미르 나보코프

줄거리

배울 만큼 배운 중년 남자가 열두 살짜리 소녀에게 열렬한 욕정을 품고, 그로 인해 파국을 맞는다.

책 속 인생 수업

아동성애자는 주변의 모든 사람들을 교묘히 조종하고, 협박하고, 속이려 들지만, 어리석게도 정작 자신의 도덕적 타락과 잔인함에는 무지하다.

1955년 출판된 이 소설은 러시아의 망명 작가 블라디미르 나보코프의 가장 유명한 작품인 동시에 논란이 가장 뜨거운 작품으로, 한 남자가 열두 살짜리 의붓딸 롤리타를 향한 강박적 사랑을 고백하는 1인칭 형식이다. 그러나 주인공 험버트 험버트는 일반적인 소아성애자는 아니다. 세련되고 잘생긴 데다 매력 있고 위트까지 겸비한 그는 애정의 대상에 대한 고통스러운 욕정을 다음과 같이 심란할 정도로 아름다운 문장으로 풀어낸다. "롤리타, 내 삶의 빛, 내 몸의 불이여. 나의 죄, 나의 영혼이여."

고뇌로 가득한 험버트의 절절한 묘사에 작가는 그의 예민한 시선과 기발한 재담, 아이러니까지 버무려놓았다. 따라서 자신을 용서하고 이해해달라는 험버트의 항변에 독자(상상 속 배심원단의 일원으로 험버트가 직접 부르고 있는)가 넘어간다 해도 무작정 비난할 수만은 없을 것 같다.

나보코프는 이 소설에서 말 그대로 독자를 끊임없이 갖고 논다. 그의 교묘한 속임수는 마치 마술을 부리는 듯한 효과를 낳아, 독자는 험버트를 이해하다가도 험버트를 혐오한다. 험버트의 욕정이 정점에 치닫고, 롤리타를 향한 끝을 모르는 그의 조종과 통제가 여실히 드러나는 소설 중반부에 가면 험버트에 대한 동정심은 퇴색하고 만다. 험버트는 종잡을 수 없는 화자의 전형으로, 그는 독자에게 롤리타의 내면이나 생각에 대한 그 어떤 이해도 허락하지 않고, 대신 얄팍한 자기 정당화만 보여준다. 그러나 소설이 종반을 향해가면 독자는 이 괴물 같은 남자에 대한 역겨움이 다시금 동정에 가까운 감정으로 변해감을 느낄 수 있다. 험버트가 광기와 집착으로 파멸해가며 스스로가 얼마나 한심한 인간인지 보여주기 때문이다. 마치 자신은 독자들이 도덕적으로 혐오할 가치조차 없는 사람이란 걸 보여주기라도 하듯이.

여러 겹의 다양한 층위로 직조된 이 독창적이고 놀라운

소설은 영어로 쓴 문학 중 가장 아름다운 산문으로 꼽힌다. 그러나 너무나 음울하고 수치스러운 주제를 다루면서 마치 신이 난 듯한 나보코프의 농담과 말장난을 불편하게 여기는 비평도 있다.

앞에 적은 '책 속 인생 수업'은 아주 명백하고도 자명한 것이다. 나보코프 스스로도 말했듯이 "《롤리타》속에는 어떠한 도덕적 교훈도 없다." 그러나 이 작품에는 타인의 고통에 대한 인간의 잔인함과 무관심, 그에 관련된 더 복합적인 교훈이 담겨 있다. 이 소설은 한 번 읽고 나면 다시 한 번 읽지 않을 수 없는 작품이다. 본문 안에 숨겨진 수많은 단서, 언어유희, 인용 등은 첫 독서에서 놓치기 쉽지만, 다시 자세히 들여다보았을 땐 분명한 보상을 안겨주기 때문이다.

《오만과 편견》

제인 오스틴

줄거리

18~19세기 영국을 무대로 시골 지주의 딸과 부유한 귀족의 폭풍 같은 관계를 다룬 이야기.

책 속 인생 수업

오만과 편견이라는 인간의 고질적인 죄는 행복을 누릴 기회, 열망을 충족시킬 기회를 위태롭게 만든다.

1813년 출간된 《오만과 편견》은 제인 오스틴의 소설 중 가장 많은 사랑을 받은 가장 유명한 작품으로, 시골 지주의 재기발랄한 딸 엘리자베스 베넷과 부유하지만 냉정한 귀족 다아시의 관계에 관한 이야기다. 처음에 두 사람은 서로에게 적대적이었지만 첫인상과는 반대로 점차 서로에게 매력을 느끼게 된다. 소설의 중심 관계인 두 사람의 맺어질 듯, 맺어지지 않을 듯 아슬아슬한 줄타기와 함께 경솔하고 얄팍한 관계로 묘사되는 다른 베넷 자매들의 로맨스도 펼쳐진다.

처음에 엘리자베스를 무시했던 다아시는 점차 그녀의 재치와 지성을 인정하게 되지만, 그녀가 자신보다 사회적 지위가 낮다는 편견과 싸워야 한다. 엘리자베스 역시, 첫 만남에서 다아시에게서 모욕감을 느끼며 자존심에 상처를 입은 후, 다아시의 무뚝뚝한 태도와 도덕적 우월감을 냉정함과 잔인함으로 해석하고 그에 대한 불신을 극복하는 데 어려움을 느낀다.

오스틴은 부와 결혼 그리고 사회적 지위라는 주제를 통해 그 당시 사회의 예절과 태도를 탐구한다. 소설의 분위기는 유명한 첫 구절에 이미 드러나 있다.

> 상당한 자산을 소유한 미혼 남자에게 마땅히 아내가 필요하다는 것은 누구나 인정하는 보편적인 진리다.

하지만 아이러니하게도 바로 이 '보편적인 진리'에 가장 열을 올리는 쪽은 경제적으로 어려운 베넷 가족과 결혼에 집착하는 베넷 부인이다. 따라서 소설의 첫 문장은 이야기 자체와 정반대되는 내용을 담고 있는 셈이다. 베넷가 딸들이 풍족한 재산—혹은 적어도 경제적 안정—을 좇는 과정이 바로 이 소설의 중심축으로 작용하고 있기 때문이다.

결말에서 엘리자베스는 베넷가의 상속자인 콜린스의 청혼을 거절함으로써 결혼을 통한 생활의 안정을 거부한다. 세속적인 이해를 앞세운 결혼관에 반기를 든 것이다. 그녀는 다아

시가 자신을 사랑하고 자신 역시 다아시를 사랑한다는 확신이 든 다음에야 그와 결혼하는 데 동의한다. 그리고 이것이야말로 결혼의 가장 안정적인 기반이라고 오스틴은 말한다.

《오만과 편견》은 공연물이나 TV 프로그램으로도 여러 번 각색되었고, 여러 장르가 혼합된 형태로도 선보여지며 최고의 로맨틱 코미디 작품의 자리까지 굳건히 하고 있다.

《폭풍의 언덕》

에밀리 브론테

줄거리

요크셔 황야에 자리한 두 집안의 삶과 그들의 폭풍 같은 사랑을 노래한 정통 빅토리아풍 고딕 소설.

책 속 인생 수업

감정이 개입된 문제 앞에서 사람들은 종종 본인에게 무엇이 최선인지를 보지 못한다.
돈으로 행복을 살 수 없고, 복수로 고뇌와 고통을 정복할 수 없다.

1847년 작품인 이 소설은 두 지주 가문 그리고 가족 구성원들 사이의 음모와 불화를 다룬 이야기로, 그 중심에 히스클리프가 있다. 고아였던 그는 입양된 집의 딸 캐서린을 향해 깊고 열정적인 사랑을 키운다. 피로 맺어진 남매는 아니지만 두 사람의 사랑이 이루어지기엔 둘 사이의 현실적, 경제적, 사회적 장

벽이 너무 높다. 양아버지가 세상을 떠난 후, 굴욕과 학대에 시달리던 히스클리프는 워더링 하이츠에서 도망친 뒤 돈 많은 신사가 되어 돌아오고, 그를 괴롭힌 사람들에게 복수를 시작한다.

주요 등장인물들은 모두 하나같이 자신의 삶과 미래의 행복을 망칠 만한 잘못된 선택을 되풀이한다. 히스클리프는 복수를 하고 워더링 하이츠의 주인이 되지만 행복을 얻지 못하고 고통 속에서 불행한 죽음을 맞이한다.

등장인물들이, 옳지 않다는 걸 알면서도 잘못을 저지르고 최악의 선택을 되풀이하는 것은 이 소설을 관통하는 주제다. 캐서린은 에드거 린튼과 옳지 않은 이유(돈과 사회적 지위)로 결혼하고, 그것을 시작으로 연달아 이어지는 사건들이 결국 비극을 부른다. 역시나 의도가 순수하지 않았던 이사벨라와 히스클리프의 결혼도 결국 잔인하고 비참한 사건들로 점철된다.

《폭풍의 언덕》의 가장 중요한 주제는 사랑이지만, 에밀리 브론테는 한 가지 사랑만을 고집하지 않는다. 가족 간의 사랑, 모성애, 종교적 사랑, 영적 사랑 그리고 집착의 얼굴을 한 사랑을 두루두루 다루고 있다. 소설이 처음 출간됐을 때는 가정 폭력에 관한 묘사 그리고 빅토리아 시대의 가치와 터부에 대한 도전 때문에 논란에 휩싸이기도 했다.

《안나 카레니나》

레프 니콜라예비치 톨스토이

줄거리

19세기 러시아 문학의 걸작. 상트페테르부르크 상류 사회를 뒤흔든, 러시아 귀족 여인과 잘생긴 청년 장교의 혼외정사를 넓고 깊게 풀어낸다.

책 속 인생 수업

사랑은 현실을 직시하는 눈을 멀게 한다.

사랑은 축복이지만 때로는 저주가 되기도 한다.

"행복한 가정은 모두 비슷비슷하지만, 불행한 가정은 저마다 나름의 이유로 불행하다." 아주 유명한 이 소설의 첫 문장이다. 행복한 가정은 불행한 가정처럼 좋은 이야기 소재나 극적인 서사를 제공하지 못한다는 점을 암시하고 싶었던 걸까. 세계 문학사에서 가장 위대한 사회소설로 평가받는 《안나 카레니나》는 러시아의 대문호 톨스토이의 사상과 고민이 집결된 대작이다.

이 소설은 안나와 레빈이라는 주요 인물에게 일어나는 사건을 중심으로 전개된다. 정숙한 귀부인으로 살며 현실의 무료함을 견디던 안나 카레니나는 자신이 읽고 있는 소설 속에서 살아가는 공상을 하는데, 이는 젊은 백작인 브론스키에게 한눈에 사로잡혀 걷잡을 수 없는 사랑에 빠져들 때 그녀가 '낭만적 사랑'이라는 환상을 추구하고 있음을 예고하는 장치다. 안나는 선택권 없이 모든 걸 던지는 사랑이 '운명'이라는 착각에 빠져 있다. 그녀는 브론스키와의 관계를 숨기며 밀회를 이어가지만, 남편은 물론이고 사교계의 모든 사람이 둘의 관계를 알아챘다. 결국 두 사람은 사회에서 외면당한 채 외국을 전전하며 살아가게 된다.

안나와 브론스키에게 닥치는 고난과 시련 때문에 레빈과 키티의 관계는 안나 커플과 큰 대조를 이루며 평범하기 짝이 없어 보인다. 그러나 키티와 레빈은 오히려 서로를 존중함으로써 사랑을 지키기 위해 노력하고, 결국 세월을 견뎌 꽃을 피워낸다. 삶을 대하는 태도, 가치관 등 모든 것에서 상반된 두 커플은 이렇게 서로 다른 방식으로 살아간다.

《안나 카레니나》는 단순한 연애 소설이 아니다. 톨스토이는 이 소설에 위선과 질투, 종교적 신념, 신의, 가족에 대한 충실함 그리고 결혼 제도라는 주제를 모두 함께 엮어 넣었다. (톨스토이가 열렬히 반대했던) 농노제 폐지로 격변기를 맞이한 러시아 사회를 배경으로, 톨스토이는 해방된 소작농들의 농촌 생활과 도시인들의 소문, 예법, 위선을 통해 본 상류 사회의 방탕한 삶을 극명하게 대조시키고 있다.

1878년에 출판된 이 작품은 결코 읽기 쉬운 책이 아니고, 분량도 900여 쪽에 달하지만, 톨스토이의 또 다른 장편인 《전쟁과 평화》(1869)와 더불어 19세기 러시아 사회를 들여다볼 수 있는 생생한 만화경을 제공한다. 그래서 오늘날까지 문학을 사랑하는 독자들은 물론 사회학자들과 역사학자들까지도 흥미를 갖는 귀한 소설이다.

《젊은 베르테르의 슬픔》

요한 볼프강 폰 괴테

줄거리

지극히 감상적이고 이상주의적인 청년이 아름다운 여인에게 첫눈에 마음을 빼앗긴다. 하지만 그녀는 이미 다른 남자의 약혼녀였다. 청년은 걷잡을 수 없는 사랑의 열병을 앓으며 비애에 빠져든다.

책 속 인생 수업

사랑의 열병은 괴롭다. 그러나 내 것일 수 없는 삶, 사랑, 자연, 예술의 이상에 지나치게 집착하는 것은 미친 짓이다.

셰익스피어와 함께 세계 3대 시성으로 불리는 괴테의 첫 소설 《젊은 베르테르의 슬픔》(1774)은 슈투름 운트 드랑Strum und Drang(질풍노도 운동)을 이끈 첫 번째 소설로 꼽힌다. 19세기 후반 독일의 자유로운 문학 운동인 질풍노도 운동은, 유럽 낭만주의를 이끌고 문학 사조에 지속적으로 영향을 미쳤다. 계몽주의 시대의 이성주의가 인간상을 반영하는 예술의 기능을 억압한다고 믿은 슈투름 운트 드랑 작가들은, 개인이 지닌 양심과 개성적인 감정을 표출하고 열정을 고취시키기 위해 노력했다.

총 82편의 편지로 구성되어 있는 이 소설은, 절친한 친구 빌헬름에게 자신의 심경을 고백하는 형식이다. 이미 한 차례 불행한 연애로 상처를 입은, 예민한 감성을 지닌 베르테르는 우연히 목가적인 작은 마을을 발견하고 그 마을의 매력에 도취된다. 그는 아름다운 풍경에 빠져들며 지역 농민들의 소박하고 단순한 삶을 이상화한다. 그러다가 이미 약혼자가 있는 샤를로테를 만나 사랑에 빠진다. 그녀가 자신의 사랑에 응답할 수 없음을 알면서도 그는 그녀를 향한 비극적인 사랑을 멈추지 못한다.

괴테가 그려낸 내적 혼란에 빠진 청년의 초상은 이후 유럽 낭만주의 운동에 등장하는 반영웅의 전신이 됐다. 그러나 현대 독자들은 《젊은 베르테르의 슬픔》을 삶의 목적을 찾기 위해 고군분투하는 젊은이들의 불안과 우울을 그린 작품이라 느낄 수도 있겠다.

'베르테르 효과'라는 유행 현상

사실 《젊은 베르테르의 슬픔》은 괴테의 연애 경험을 바탕으로 쓰였다. 이 때문에 처음에는 익명으로 출판되었다. 그러나 이 작품은 출간과 함께 추종자들을 양산하며 선풍적인 인기를 끌었고(나폴레옹 보나파르트 역시 그를 추앙했다) '베르테르 효과'라는 유행 현상을 일으켰다. 소설 속 비극의 주인공과 자신을 동일시한 팬들은 베르테르가 즐겨 입은 옷과 똑같은 연미복을 입고 돌아다녔고, 근거가 입증되지는 않았지만, 모방 자살을 했다는 보고도 있다. 유럽 몇몇 국가에서는 이 소설이 젊은 층에 미치는 부정적인 영향을 걱정한 나머지 수십 년간 금서로 지정하기도 했다고.

《위험한 관계》

피에르 쇼데를로 드 라클로

줄거리

도덕적으로 타락한 두 귀족이 유혹, 기만, 배신을 통해 다른 이들의 삶을 의도적으로 어지럽히고 망가뜨린다.

책 속 인생 수업

부와 특권, 원하는 것을 모두 가진 부자들에게 가치 있는 것이라곤 오직 욕망 그 자체뿐이다.

1782년에 출간된 이 서간체 소설은 18세기 유럽 사교계를 배경으로 귀족 메르테유 후작 부인과 그녀의 옛 연인 발몽의 스캔들을 다룬다. 메르테유 후작 부인은 가장 최근에 사귄 연인이 자신보다 훨씬 더 젊은 여성인 세실 볼랑주와 결혼하기 위해 자신을 버리자 속이 쓰리다. 결국 세실을 결혼 전에 망가뜨릴 의도로 발몽에게 그녀를 유혹하라고 시킨다. 그러나 다른 계획을 갖고 있던 발몽은 감히 자기가 넘볼 수 없는, 부유한 변호사의 정숙한 아내를 유혹하려 한다. 음모, 은밀한 만남, 유혹 그리고 배신이 일파만파 커지며 결국 관련된 모두가 치명적인 결과를 맞는다.

《위험한 관계》는 프랑스 혁명으로 이어지는 프랑스 귀족 사회의 타락과 도덕적 부패를 적나라하게 그려낸다. 메르테유와 발몽은 남아도는 시간을 주체하지 못하고, 순전히 지루함을 해소하고 자극과 재미를 얻을 목적으로 다른 이들의 삶을 망치려 든다. 그들은 목표물이 도덕적이고 순수하며 가질 수 없는 것처럼 보이면 보일수록 더 그 대상을 갖고 놀고 망치고 싶다는 욕망에 휩싸인다.

일부 비평가들은 이 소설을 프랑스 혁명으로 무너진 프랑스 봉건 제도 앙시엥 레짐Ancien Régime에 대한 정치적 공격이라 해석하기도 하지만, 라클로는 사실 프랑스의 가장 저명한 귀족들 몇몇으로부터 상당한 후원을 받은 작가다. 따라서 라클로의 의도는 혁명의 불꽃을 지피려 했다기보다는 단순히 센세이션을 일으키고 독자들에게 즐거움을 주려던 것으로 보인다. 《위험한 관계》는 대혁명 이전 프랑스 문학의 걸작으로, 이 소설에서 다룬 파괴적인 욕망, 악의, 복수라는 영원불변의 소재는 다양하게 각색되어 무대와 스크린에서 성공을 거둬왔다.

《사랑에 빠진 여인들》

데이비드 허버트 로렌스

줄거리

독립적인 두 자매가 열정적이지만 모순으로 가득한 복잡한 남자들을 만나 남녀 관계의 잔인함을 깨닫는다.

책 속 인생 수업

사회적 가치는 개인의 본능적인 열망을 억누르고 성적으로 억압하기도 한다.

데이비드 허버트 로렌스의 전작, 《무지개》(1915)의 속편인 《사랑에 빠진 여인들》은 학교 교사인 어슐라와 예술가인 구드룬이 두 자매의 이야기를 담았다. 독립적이고 개성이 강한 두 자매는 사랑과 결혼에 대한 기대보다는 남자에 대한 불신, 결혼에 대한 불안을 더 크게 느낀다. 두 자매는 사회에서 요구하는 여성의 전통적 역할과 결혼 제도에 회의감을 갖기 시작한, 이른바 신여성들이다.

두 자매는 루퍼트 버킨과 제럴드 그리치라는 남자를 만나 연인으로 관계가 진전되지만 곧 감정의 소용돌이에 휘말린다. 루퍼트 버킨과 어슐라의 관계는 표면상으로는 관습적인 방식, 즉 격렬하게 싸우다 화해하며 결혼에 이르는 평범한 남녀의 전형을 보여주는 듯하지만, 사실 루퍼트는 구드룬의 연인인 제럴드를 향한 강렬한 욕망을 억누르고 있다. 그가 어슐라에게 청혼한 이유는 그 욕망을 그녀에게 돌리기 위한 것이었다. 한편 구드룬과 제럴드의 관계는 제어할 수 없는 육체적 욕망과 증오, 자학과 가학을 오가며 급속도로 악화된다. 결국 이들 자매의 사랑은 흔한 연애 소설에서 볼 수 있는 해피엔드와 다른 결말을 맞이한다.

《무지개》와 《사랑에 빠진 여인들》은 원래 하나의 소설로 시작됐지만 출판사의 조언에 따라 별도의 소설로 나뉘어 작업이 이루어졌다. 《무지개》는 외설적이라는 이유로 영국에서는 11년간 판매가 금지됐고, 따라서 그 속편도 1920년 미국의 비공개 북클럽 구독자만을 대상으로 출간됐다. 그 이듬해 영국에서 공개된 《사랑에 빠진 여인들》은 노골적인 성적 묘사 때문에 출간 당시에는 질타를 받았지만, 지금은 《채털리 부인의 연인》을 잇는 데이비드 허버트 로렌스의 또 다른 대표작이자 모더니즘 문학의 걸작으로 인정받고 있다.

《더버빌가의 테스》

토머스 하디

줄거리

가난한 농촌 노동 계급 여성인 테스가 냉혹한 사회에서 저항할 수 없는 도덕적 편견과 학대에 시달리며 몰락해가는 과정을 그린다.

책 속 인생 수업

도덕관념이란 것은 때로 위선적이기 짝이 없다. 죄를 지었다는 낙인이 찍힌, 순결하지 않은 여성을 향한 비난에 있어서는 더욱더.

1891년에 발표된 이 소설은 가난한 가정 형편 때문에 부유한 먼 친척 집에서 일하게 된 순수한 농촌 처녀 테스의 비극적인 삶을 다룬다. 하녀로 일하던 테스는 방탕하고 악랄한 더버빌가의 상속자 알렉 더버빌에게 겁탈을 당하고 임신까지 하게 된다. 테스의 아이는 부정하게 태어났다는 이유로 목사로부터 세례를 거부당한 뒤 얼마 못 가 죽고 만다.

그로부터 몇 년 후, 농장에서 일하며 살아가던 테스는 자신을 정숙하고 순수한 여인이라 믿는 에인절 클레어를 만나 사랑에 빠진다. 두 사람은 결혼하지만 첫날밤에 테스가 에인절에게 과거의 상처를 고백하자, 그는 자신이 테스에게 기대한 이상적인 이미지가 돌이킬 수 없이 더럽혀졌다고 느끼며 그녀를 버린다. 불행은 여기서 그치지 않는다. 테스는 가족에게 닥친 시련과 경제적 희생을 위해 자신을 잔인하게 유린했던 알렉과 모욕적인 관계에 합의하고 만다.

토머스 하디는 이 소설에서 주인공 테스를 지극히 비극적인 부당함을 견뎌야 하는 순결한 희생자로 묘사하며, 빅토리아 시대 도덕관념의 위선과 이중 잣대를 맹렬히 비난하고 있다. 테스의 인생에 등장하는 남성들은 각기 다른 방식으로 그녀 위에 군림하고 학대를 일삼는다. 아버지란 사람은 테스의 노동력을 이용해 경제적으로 착취하고, 알렉은 순전히 자신의 욕정을 채우기 위해 그녀를 탐한다. 겉으로는 경건한 척하던 에인절은 그녀를 순수함과 정숙함의 귀감이라는 단상에 마음대로 올려놓았다가 자신의 까다로운 기준에 그녀가 부합하지 않는다는 것을 (자신의 혼전 성적 관계는 용서하는 위선적인 면을 보이며) 알자마자 가차 없이 그녀를 버린다.

《더버빌가의 테스》는 출간 당시 '타락한 여인'을 '순결한 여인'으로 묘사했다는 비판을 받았다. 작가는 테스를 피치 못할 상황이나 치명적인 결함의 희생자로 묘사하기보다는, 여성을 향한 착취적인 태도를 취한 빅토리아 시대의 희생양으로 그려냈다. 이 소설이 도덕성 시비에 붙자 토머스 하디는 초판본 서문에서 이렇게 응수했다. “잘못이 진실로부터 나온다면 진실이 가려지는 것보다는 잘못을 저지르는 것이 낫다.”

《훌륭한 군인》

포드 매덕스 포드

줄거리

1차 세계대전 발발 전의 시대를 배경으로 두 커플이 저지른 불륜, 그에 따라 비극으로 치닫는 네 사람의 이야기를 그린다.

책 속 인생 수업

간통은 도덕적 타락으로 이어지고 만다.
세상 모든 것이 보이는 그대로가 아니듯, 겉모습 역시 기만적일 수 있다.

두 쌍의 부유한 중상층 부부의 이야기를 담은《훌륭한 군인》(1915)은 완벽한 결혼인 줄 알았던 관계가 끝없는 배신과 기만으로 무너져가는 과정을 그린다. 고급스러운 호텔 레스토랑에서 우연히 알게 된 두 쌍의 부부는 돈독한 친교를 이어간다. 이 소설은 네 사람 중 한 명인 존 다웰의 입을 통해 전개되는데, 그는 레오노라로부터 그녀의 남편이 자신의 아내와 불륜 관계였고, 아내의 죽음에 석연치 않은 구석이 있다는 청천벽력 같은 이야기를 전해 듣는다.

다웰은 시간 순서가 아닌 자신의 회상, 즉 거미줄같이 얽히고설킨 기만적 관계에 대한 본인의 인상에 의지해 이야기를 풀어낸다. 독자들은 다웰이 점점 더 많은 이야기를 털어놓으면서 그의 말에 일관성이 없다는 점을 감지하게 되고, 다웰이 모든 감정적 혼돈에 대해 어느 쪽에도 치우치지 않은 공정한 구경꾼일 뿐이라는 주장에 의문을 갖기 시작한다. 다웰의 말은 믿을 만한 것일까? 혹시 그가 대충 둘러댄 것도 있을까? 자신이 한 짓을 숨기고 있는 것은 아닐까? 다웰이 자살이라 위장한 사건이 혹 그가 저지른 살인일 수도 있을까?

《훌륭한 군인》은 이처럼 '신뢰할 수 없는 화자'라는 문학적 장치를 영리하고 교묘하게 이용한 스릴러/멜로드라마이지만 그 가치에 합당한 평가를 받지 못한 작품이다. 이 소설을 읽다 보면 다웰의 회상을 따라가며 어느 것이 진실이고 거짓인지 판별해나가는 즐거움을 느낄 수 있다. 겉으로 보이는 모습과 진실 사이의 괴리는 이 소설의 핵심 주제이기도 하다. 예를 들어 다웰은 소설 속 인물들을 '좋은 사람들'이라고 빈번히 말하곤 하지만, 그 어떤 도덕적 기준으로 봐도 그들 대부분은 결코 좋은 사람들이라 할 수 없다.

《작은 것들의 신》

아룬다티 로이

줄거리

1960년대 후반 인도 케랄라 지역의 부유한 가정에서 성장한 쌍둥이의 삶을 그린 가족 드라마. 인도 카스트 제도에 짓밟힌 작은 존재들의 사랑을 다루며 권위적인 질서의 잔인함을 폭로한다.

책 속 인생 수업

사랑은 인간의 모든 행동에 동기를 부여하는 강력한 힘을 가졌다. 따라서 그 어떤 관습이나 규범도 사랑을 가로막는 장애물이 될 수 없다.

《작은 것들의 신》은 인도 케랄라에서 사업을 운영하는, 비교적 부유한 시리아 정교도 가족 이페가를 중심으로 전개되는 이야기다. 이야기의 중심에는 딸 라헬과 아들 에스타라는 이란성 쌍둥이 남매가 있다. 소설은 쌍둥이가 일곱 살인 1969년에 시작되지만 시간을 거슬러 올라가기도 내려오기도 하며 1993년까지 이어진다. 쌍둥이 남매는 집안이 운영하는 피클 공장의 일꾼인 친절한 벨루타와 친구가 된다. 그러나 벨루타는 '달리트Dalit', 즉 카스트 제도의 가장 천한 계급인 불가촉천민으로, 그가 쌍둥이의 어머니 암무와 남몰래 금지된 사랑을 시작하면서 일련의 사건들이 발생하고, 결국 삶이 송두리째 뒤바뀌는 비극으로 이어진다.

《작은 것들의 신》은 이페가의 3대에 걸친 금지된 사랑을 다룬다. 이모할머니 베이비 코참마는 가톨릭 신부를 향한 이룰 수 없는 사랑으로 괴로워하고, 카스트 제도의 계급을 넘어선 벨루타와 암무의 관계는 가문을 파멸시킨다. 그리고 소설의 끝에서는 여러 해 떨어져 살았던 쌍둥이가 다시 만나 금지된 사랑을 시작하고 근친상간을 한다.

아룬다티 로이는 사랑이라는 막강한 힘에 엄격한 사회적 제약이 가해질 때 어떤 비극이 펼쳐지는지를 이페 가문을 통해 보여준다. 누가 누구를 사랑해야 하는지 규정짓는 규범은 잔인하기 짝이 없는 것이다. 그녀는 이 모든 권위적인 질서에 사랑으로 대항한다.

《작은 것들의 신》은 그녀의 첫 소설이자 유일한 소설로 출간 당시 큰 논란에 휩싸였다. 이 책은 인도 일부 지역에서는 노골적인 성적 묘사에 대한 비난과 함께 판매 금지를 당하기도 했다. 하지만 책이 출간된 1997년, 논란을 딛고 부커상을 거머쥐었다.

《전망 좋은 방》

에드워드 모건 포스터

줄거리

이탈리아를 여행하던 미모의 영국 상류층 여성과 인습에 얽매이지 않는 신흥 중상층 청년. 그 둘이 만나 펼치는 로맨스를 다룬다.

책 속 인생 수업

인간관계의 중요한 기반은 안정성이나 사회적 계급 같은 관습에 있지 않다. 열정, 자연스러움 그리고 진실한 마음에 있다.

기본적으로 사랑 이야기인 《전망 좋은 방》(1908)은 근심 걱정 없이 자라 사교계에 막 첫발을 들인 상류층 아가씨 루시 허니처치가 극명하게 다른 두 남자의 관심과 애정 사이에서 갈등하는 딜레마를 다룬다. 한 남자는 충동적이고 낭만적인, 다듬어지지 않은 원석 같은 신흥 중상층 계급의 조지 에머슨이고, 다른 한 남자는 멋쟁이지만 가식적인 상류층 예술 애호가 세실 바이스다. 소설의 배경은 피렌체와 그곳을 둘러싼 언덕들에서 잉글랜드 남동부의 시골 서리로 바뀌는데, 자연이라는 소재는 혼란스러운 루시의 마음과 큰 대조를 이룬다.

이 소설은 20세기 초, 에드워드 7세 시대 영국의 사회적 가치와 예절을 매서운 눈으로 관찰하고 비판한다. 특히 루시의 사촌이자 보호자인 샬럿 바틀릿을 통해 우월감에 젖어 고상한 척만 일삼는 상류층의 예절을 보여주며, 에머슨을 통해선 생각이 자유로운 근대적 태도를 구현해냈다.

소설의 어떤 부분은 제인 오스틴의 완벽한 패러디로 읽히기도 한다. 포스터가 포착하는 아이러니와 재치 가득한 대사에서 특히 그런 면이 두드러진다. 진실을 말하는 것이 직업 윤리인 목사 비버는 "진실을 말하는 사람들의 이야기는 정말 들어주기 힘들어요. 적어도 저는 그렇게 느껴요"라고 말함으로써 자기 모순을 드러낸다. 소설가 엘리너 래비시는 "우리보다 열등한 사람들에게 약간의 예의를 갖춰주면 절대로 후회할 일이 생기지 않는답니다. 그런 게 바로 진정한 민주주의 아니겠어요"라는 말로 민주주의자인 척하던 자신의 위상을 스스로 깎아먹는다. 포스터는 이런 역설들을 소설 속에 여기저기 흩뿌려두었는데, 절묘한 풍자가 어찌나 솜씨 있게 담겼는지 읽는 내내 감탄스럽다. 등장인물 중 정말 참아주기 힘든 세실(하지만 그런 그마저 빛나는 순간이 있다)만 제외하면, 각 인물들은 엘리트 의식과 속물근성에도 불구하고 그저 악의는 없는, 지나간 시대의 별난 유물 집단으로 봐주게 된다.

《개를 데리고 다니는 부인》

안톤 파블로비치 체호프

줄거리

안톤 체호프의 단편소설 중 단연 수작으로 꼽히는 작품으로, 냉소적인 모스크바 자본가와 젊은 유부녀의 혼외 관계를 다룬다.

책 속 인생 수업

사랑의 힘은 위대해서 세상 모든 것에 싫증 난 사람들의 삶 속까지 파고들어 그들을 송두리째 바꾸어놓기도 한다.

이 소설은 단편소설의 거장으로 꼽히는 안톤 체호프가 1899년 발표한 단편이다. 그의 작품들은 현대 단편소설의 형식을 확립하는 데 결정적인 역할을 했다.

냉소적이고 세상만사가 따분한 모스크바의 은행가 구로프는 휴가를 보내러 얄타에 온 안나 세르게예브나와 정사를 벌인다. 중년에 다가서고 있는 구로프는 모든 것이 지루해진지 오래다. 특히 사랑 없이 결혼한 그는 지속적으로 외도를 저질러왔다. 안나에 대해서도 처음에는 그저 재미 삼아 심심풀이로 관심을 가졌을 뿐이다. 그래서 안나가 집에서 연락을 받고 급작스럽게 돌아갔을 때만 해도 기차역에서 작별을 고하며 그것이 그들의 마지막이 될 거라 믿는다.

그러나 모스크바로 돌아와 다시 일상을 살아가기 시작한 구로프는 점점 안절부절 못하고 산만해진다. 안나와의 추억에 시달리던 그는, 그녀가 자신의 마음을 온통 휘저어놓았음을 깨닫고 충격을 받는다. 결국 그는 그녀를 다시 보고픈 마음을 이기지 못하고 상트페테르부르크까지 가 그녀를 찾아내고, 두 사람은 비밀리에 장거리 연애를 시작한다.

체호프는 주인공의 복합적인 감정을 아름답게 묘사하고 있는데, 특히 구로프가 안나와의 정사를 통해 자아에 대한 깨달음을 얻는 과정이 그렇다. 마지막 장면에서 두 사람은 모스크바의 한 호텔에서 만나 그들의 관계, 결별의 아픔 그리고 혼외 정사를 감추기 위한 기만과 사람들의 눈을 피해 몰래 만날 수밖에 없는 현실에 대해 이야기 나눈다. 그리고 이야기는 아무것도 해결되지 않은 그 애매한 순간, 탄식하는 것 외에 달리 방법이 보이지 않는 지점에서 결말을 맺는다. "그들 앞엔 아직 길고 험한 길이 펼쳐져 있으며, 그중 가장 복잡하고 어려운 문제가 이제 막 시작됐을 뿐임을 그들은 분명히 알고 있었다."

《개를 데리고 다니는 부인》은 체호프가 마지막으로 발표한 단편소설로 그의 문학 인생의 정점에 서 있는 작품이다. 체호프는 특유의 정교하고도 간결한 문체를 통해 남녀의 뒤엉킨 인생 그리고 우울감에 젖거나 감수성이 결여된, 혹은 판단력을 상실한 주인공들의 감정을 날것 그대로 잘 전달하고 있다.

2장

사람과 사회

진정 위대한 문학은 사회의 태도나 예절, 철학, 정치 그리고 특정 시대의 사람들을 반영하는 거울로 작용한다. 사회학자들이 '거울 이론'이라 칭한 이 이론은 문학 작품의 사회적 문화적 맥락이 서술의 관점에 직접적인 영향을 준다는 개념에 근거하고 있다.

거울 이론은 문학의 사회적 영향을 분석하기 위한 유용한 출발점이긴 하나, 사실주의 소설 작품들이 사회를 편견 없이 냉정하게 그대로 기록한다고 추정하는 것은 문제가 있다. 문학은 언어의 구조물로, 작가가 설명하고자 하는 사회의 대상을 선별적으로 일부만 확대해서 묘사하기도 하고, 이 과정에서 다른 것들은 축소되거나 간과되기 때문이다.

2장에 실린 소설들은 작품에 담긴 사회의 계층 구조, 예절, 사고방식 등에 대해 종종 비판적이다. 소설의 사회적 사실주의는 찰스 디킨스, 조지 엘리엇 그리고 윌리엄 메이크피스 새커리 등의 영국 작가들에 의해 19세기에 꽃을 피웠다. 이 작가들은 가난한 사람들의 곤궁함과 제도의 폭압 등 사회의 불공평한 문제들을 드러내기 위해 사람들이 일상에서 겪는 고난과 시련을 묘사했다. 그렇다고 사실주의만이 사회적 비판 기능을 하는 유일한 장르는 아니다. 풍자 문학, 부조리 문학 그리고 공상과학 소설 역시 사회의 병폐와 그 속에서 살아가는 사람들에 대한 신랄한 비평을 담아냈다.

《데이비드 코퍼필드》

찰스 디킨스

줄거리

평생에 걸쳐 역경과 시련을 겪어온 한 남자 그리고 그의 삶을 다채롭게 채색해준 비범하고 기이한 사람들의 이야기를 담은 회고록.

책 속 인생 수업

빈곤은 모든 이를 고통의 진창에 빠지게 만든다. 감당할 수 없는 빚은 결코 져서는 안 된다.

이 작품 제목의 주인공 '데이비드 코퍼필드'는 돈을 벌기 위해 런던에 갔다가 미코버 가족과 함께 살게 된다. 그 집의 가장 윌킨스 미코버는 입담이 좋은 사람으로, 툭하면 화려한 연설을 늘어놓고, 재정이 파탄 난 상황에서도 '조만간 좋은 건수가 생길 것'이라고 희망 회로를 돌리는 대책없는 사람이었다. 어린 데이비드는 이런 미코버에게 절약과 관련된 지혜와 충고를 들으며 자랐다.

"'코퍼필드, 내가 충고 하나 해주지'라고 미코버 씨는 말했다. '한 해의 수입이 20파운드라면 20파운드보다 몇 펜스만 덜 써도 행복할 거야. 하지만 불과 몇 펜스라도 20파운드보다 더 쓰면 불행해진단다.'"

하지만 정작 미코버는 자기는 지키지도 못하는 조언을 남에게 해대는 사람이었다. 그는 젊은 시절 빚을 갚지 못해 채권자들에게 쫓겨 다녔고 결국 채무자 감옥에 수감되어 비참한 생활을 한다. 이 소설은 이런 미코버의 인생역전을 그린다. 미코버는 어쩌다 사기꾼인 유라이어 히프의 정체를 밝혀내고, 그 덕에 예전의 과오를 만회하고 가족과 함께 호주로 이주해서 풍요로운 삶을 살게 된다. 2008년 미국발 금융위기가 세계를 휩쓸던 때 〈워싱턴 포스트〉는 경제 위기를 잘 극복할 수 있는 메시지가 담긴 책으로 이 소설을 추천했다. 바로 고생 끝에 중상류층이 된 미코버 때문이다.

1850년에 출판된 《데이비드 코퍼필드》는 작가의 경험이 고스란히 녹아든 자전적 소설이다. 디킨스는 어린 시절, 채무를 지고 감옥에 수감된 아버지 때문에 가난의 고통을 생생히 겪었다. 주인공 데이비드 코퍼필드는 디킨스가 자신이 창조한 캐릭터 중 '가장 깊이 사랑한 인물'이라고 말했을 정도로 그가 애착을 가진 캐릭터였다.

《죽은 혼》

니콜라이 고골

줄거리

떠돌이 사기꾼 파벨 이바노비치 치치코프가 탐욕스럽고 귀가 얇은 러시아 지방 귀족들로부터 '죽은 농노'를 사들이려는 기이한 계획을 실행에 옮긴다.

책 속 인생 수업

이기적인 야망과 탐욕은 타락으로 가는 지름길이다.
만약 어떤 것이 너무 좋아 보여 혹하게 한다면, 그건 대부분 진짜가 아닐 때가 많다.

체호프, 푸시킨과 더불어 러시아의 대문호로 일컬어지는 니콜라이 고골이 생애 마지막으로 집필한 《죽은 혼》은 아이러니와 풍자를 곁들인 블랙코미디의 정수를 보여준다. 이 소설은 치치코프가 N이라는 작은 시골 마을에 도착하며 시작된다. 치치코프는 지역 관리들과 귀족들에게 친근하게 다가가서 환심을 산

뒤, 이미 죽은 그들의 농노를 자신에게 팔아 돈을 절약하라는 제안을 한다.

《죽은 혼》이 발표된(1842) 제정 러시아는 봉건제도가 시행되던 시기였다. 지주들은 농노를 소유했고, 지주 밑에서 일하는 농노들은 지주의 땅을 경작한 대가로 거처를 제공받아 근근이 살아갔다. 농노는 세금 부과가 가능한 대상이라 국가의 인구조사를 통해 집계됐지만, 관료들의 허술한 일처리로 이 조사는 산발적으로 대충 이루어졌다. 삶의 질이 형편없었던 농노들은 대부분 수명이 매우 짧았기 때문에, 지주들은 다음 조사 시행 전까지 여러 해 동안 이미 사망한 농노들에 대한 세금까지 물어야 했다.

죽은 농노(농노들은 공무 목적으로 '혼'으로 집계됐다)에 대한 소유권을 사들여 농노들이 살아 있다는 전제하에 대출 가능한 최대치의 돈을 부정하게 빌리려는 것이 치치코프의 계획이었다.

《죽은 혼》은 농노제도를 기반으로 한 19세기 러시아 지주 사회를 신랄하게 사실적으로 그려낸, 러시아 리얼리즘 문학의 출발점으로 인식되어왔다. 현대의 독자들은 대부분 러시아 봉건제도를 미개하다고 느끼겠지만(농노제도는 그 후로도 20년이란 세월이 지나서야 폐지됐다), 고골이 진짜로 겨냥한 것은 러시아 지방 귀족들의 경박함과 멍청함이었다. 치치코프가 만나는 귀족들은 신경이 과민하고, 피해망상에 시달리며 도덕관념도 허술한 위선적인 인간들이었다. 소설 속 진짜 '죽은 혼'은 바로 이들인 셈이다. 고골은 당시 토지를 소유한 귀족들 중에 널리 퍼져 있던 속물스러운 특권층을 포시로스트poshlost(옹졸하고 이기적이고 취향도 저속한 부정적인 사람—옮긴이)라는 러시아어를 통해 묘사하며 풍자하고 있다.

고골의 불태워진 원고들

고골은 《죽은 혼》의 집필을 시작했을 때 단테의 《신곡》과 비슷한 3부 형식으로 쓸 생각이었다. 완성된 1부는 《신곡》의 지옥 편에 해당했고, 2부와 3부는 각각 연옥 편, 천국 편을 대변할 계획이었다. 그러나 고골은 2부를 쓰는 데 어려움을 겪었다. 가장 큰 이유는 건강 악화였지만, '지옥의 인물'들을 1부에서 무척 잘 묘사했다고 생각한 그는 러시아인들의 좋은 면에 대해 쓰면 1부의 성공적인 풍자의 힘이 훼손될 것을 염려했다고 한다. 실제로 고골은 1852년 2권을 완성했지만 원고를 불태웠고 그로부터 얼마 뒤에 사망했다. 현재 전해지는 2권은 고골이 소각하고 남은 두 개의 판본으로 존재한다.

《모래의 캡틴들Captains of the Sands》

조르지 아마두

줄거리

브라질 살바도르 거리에서 살아가는 아이들의 이야기. 아이들은 구걸과 도박, 이런저런 작은 범죄를 저지르며 겨우 살아가지만, 사회는 이 아이들을 외면하고, 경찰이나 국가도 차별에 한몫한다.

책 속 인생 수업

사랑, 안전, 연민의 가치는 값을 매길 수 없다.

1937년 발표 후, 20세기 브라질 문학의 가장 유명한 작품 중 하나로 꼽히는 이 소설은 버려지고 소외된 아이들(제목의 캡틴은 바로 아이들이 자신을 부르는 호칭이다)이 거리에서 살아가는 모습을 통해 혹독한 사회 현실을 보여준다. 하루살이처럼 살아가는 이 아이들은 생존을 위해 구걸하거나 도둑질을 하지만 서로에 대한 의리로 똘똘 뭉쳐 지낸다. 그중에 레그리스(legless, 다리가 없다는 의미—옮긴이)라는 아이는 장애가 있는 다리를 이용해 부잣집에 들어가 나중에 도둑질할 집을 정한다. 그러나 레그리스가 점찍어두었던 집의 주인 도나 에스터라는 여인은 자식을 잃은 슬픔에 빠져 있었고, 레그리스를 집으로 맞아들여 사랑과 연민으로 보듬는다. 도나의 조건 없는 친절을 경험하고 늘 마음 한편으로 갈망해온 사랑과 안전한 삶을 보장받자, 레그리스는 이전에 품은 나쁜 마음을 접고 싶다는 생각이 든다. 하지만 다른 캡틴들에 대한 의리 때문에 엄청난 갈등에 휩싸인다.

> 그녀는 문을 닫고 나갔다. 레그리스는 꼼짝도 하지 못하고, 그녀의 "잘 자라"라는 말에 대답조차 못 하고, 도나 에스터가 입맞추어준 얼굴에 손을 댄 채 가만히 서 있었다. 무슨 생각을 하는 것도 아니었고, 무언가를 찾으려는 것도 아니었다. 그저 그 입맞춤의 부드러움, 지금까지 한 번도 느껴보지 못한 것, 바로 엄마의 감촉을 느낄 뿐이었다. 얼굴에 남은 그 부드러움. 도나가 얼굴에 입을 맞춘 순간, 세상이 멈추고 모든 것이 변해버린 것 같았다. 레그리스 얼굴에 닿은 엄마의 입맞춤, 온 세상을 통틀어 남아 있는 건 오직 그것뿐인 것 같았다.

불 속에 던져진 문학의 고전

브라질 공산당의 강성 당원이었던 조르지 아마두의 작품은 당시 포퓰리즘을 추구하던 바르가스 대통령의 정치 노선과 상충했다. 그래서 《모래의 캡틴들》은 출간되자마자 체제 전복, 혹은 공산주의를 선전하는 것으로 분류된 다른 작가들의 책들과 함께 불태워졌다. 하지만 이 소설은 억압을 이겨내고 살아남아 이제는 컬트 클래식 그리고 사회주의 리얼리즘의 중요한 작품으로 자리매김했다.

《나는 고양이로소이다》

나쓰메 소세키

줄거리

중산층 일본 가족과 그 친구들, 이웃들이 살아가는 단조로운 일상을 집고양이의 눈을 통해 그린 풍자 소설.

책 속 인생 수업

자신에 대한 이해는 삶을 이해하는 열쇠. 자신과 타인의 태도와 행동을 세심하게 관찰한다면 그 열쇠를 가질 수 있으리.

1906년에 출간되어 큰 사랑을 받아온 나쓰메 소세키 소설《나는 고양이로소이다》는 지금까지도 일본 교육과정에서 꾸준히 다뤄지고 있는 작품이다. 굳이 플롯이란 것을 찾자면 어느 집고양이가 자기 주인과 그 친구들의 이야기를 엿들으며 인간의 결점과 약점을 냉소적으로 비웃는다는 내용이다. 이 책이 여러 편의 에피소드로 엮인 이유는 하이쿠 전문잡지의 연재물로 시작되었기 때문이다. 고양이 화자의 허세 가득한, 화려한 '언변'

은 이 고양이의 오만방자함을 강조하는 장치이자 소설 전체를 관통하는 유머 코드이기도 하다. 소설의 초반부에서 고양이는 인간들을 대체로 이기적이고 자기 잇속 차리기에만 바쁜 존재라 넘겨짚지만, 뒤로 가면서 인간들이 자신들의 흠이나 약점을 인지한다면 훨씬 더 행복한 삶을 살 수도 있을 것 같다며 아쉬워한다.

> 동물이든 인간이든 삶에서 가장 중요한 것은 자기 자신을 아는 것이다. 인간이 자기 자신을 제대로 아는 법을 깨닫기만 한다면 그 어떤 고양이보다 더 존중받을 가치가 있을 거다. 그러면 나도 이들을 희화의 대상으로 삼는 것이 불편해져서 이 독설 가득한 펜을 내려놓을지도 모르겠다. 아아, 인간들은 자기 코의 크기보다도 더 자기 자신을 알지 못하는구나.

《한 줌의 먼지》

에벌린 워

줄거리

부유하지만 깊이 없는 두 사람의 결혼 생활이 파탄난 후, 이혼 뒤까지 이어지는 여파를 섬세하게 다룬 풍자 소설.

책 속 인생 수업

돈과 지위에 대한 집착은 도덕관념을 잃어버리게 하고, 영적 파산까지 부른다.

1934년에 출간된 소설 《한 줌의 먼지》는 많은 비평가들이 영국을 대표하는 풍자 작가 에벌린 워의 최고 걸작으로 꼽는 작품이다.

이 책의 등장인물들은 장점이라고는 도저히 찾을 수 없는 사람들로 동정심조차 느끼기 어렵다. 주인공 토니 라스트는 상당한 재력가라는 점을 빼고는 이렇다 할 재능을 찾기 어려운 시골 대지주이고, 그의 아내 브렌다는 평범한 전원생활에 늘

불만과 따분함을 느끼는 사교계의 마당발로, 그저 무료한 생활에서 벗어날 목적으로 외도를 한다. 두 사람은 열정이나 희망 없이 그저 하루하루를 덧없이 살아간다.

워는 이 소설에서 1차 세계대전 후 껍데기만 남은 1930년대 영국 상류 사회를 풍자적으로 그린다. 소설 속에 등장하는 다양한 인물들은 주로 돈이나 사회적 지위와 관련된 자기 이익만을 좇으며 타인에 대한 냉소와 무시가 몸에 배어 있다.

특히 브렌다와 토니는 낙마 사고로 어린 아들을 잃고도 아무 각성 없이 무기력한 삶을 이어간다. 브렌다는 결국 남편에게 이혼과 위자료를 요구하고, 토니는 자신의 삶을 바꿔보기 위해 신화 속 도시를 찾아 아마존 정글로 탐험을 떠난다. 그러나 이내 정글 오지에서 길을 잃고, 토드라는 정신적으로 매우 불안한 남자에게 붙잡혀, 그에게 매일 찰스 디킨스의 작품을 큰 소리로 읽어주며 하루를 보내는 신세가 된다. 소설이 그리는 정글의 야만성은 영국 중상류 계층 사회의 야만성을 그대로 반영하는 거울이다. 워는 방향성을 잃은 영국 상류 사회의 현실을 《한 줌의 먼지》로 여실히 드러냈다.

《광인 일기》

루쉰

줄거리

주변 사람들이 자신을 해치고 잡아먹으려 한다는 피해망상에 시달리는 한 남자의 이야기.

책 속 인생 수업

20세기 초 중국 전통 문화와 사회를 풍자하는 소설. 더 확장된 의미로, 힘 있는 자들이 힘없고 짓밟힌 사람들을 잡아먹는다는 은유가 담겨 있다.

1918년에 출간된 이 중편소설은 사회로부터 소외당했다고 느끼는 한 남자의 피해망상을 열세 편의 일기로 상세하게 다루고 있다. 루쉰은 러시아의 풍자 작가 니콜라이 고골의 1835년 동명 작품을 모델로 삼아 부패한 권위주의 사회에서 개인이 느끼는 억압을 '정신병'이라는 은유를 통해 그려냈다.

소설에서 한 번도 본인의 이름으로 불리지 않는 광인은,

가족을 포함한 주변 사람들이 자신을 무서워하고 해치고 싶어 한다는 망상을 갖게 되고, 그 망상이 커질수록 사회를 향한 혐오감도 깊어감을 느낀다.

어느 날 광인은 한 청년과 얘기를 나누다가 동네 사람들이 인육을 먹고 있다고 믿게 되고, 인의예지仁禮義智로 포장된 중국 사회가 실은 식인사회였다는 것을 깨닫게 된다.

충격에 휩싸인 광인은 윤리적 문제에 의문을 품고 두려움 속에서도 질문을 던진다. '이게 과연 옳은 일인가?' 그러나 사람들은 광인의 질문 자체를 이해 못 하겠다고 답한다. 사실 이 질문은 중국 전통 유교 사회의 부패와 비인간적인 면을 드러내고 이를 향한 비판이 부재함을 보여주는 은유다. 사람들은 그저 순응하거나 이용을 당할 뿐이다.

그는 용기를 내어 주변 사람들에게 식인을 하지 말라고 권고하지만, 어느 날 우연히 자신도 부지중에 사람 고기를 먹었다는 것을 알게 된다. 자신 또한 식인 역사의 공모자였음을 깨닫게 된 것이다.

중국 최초의 현대 소설인 《광인일기》는 중국 신문화의 분수령이 되는 작품으로 종종 거론되곤 한다. 유럽, 특히 러시아 작품들에 정통했던 루쉰은 상징주의와 은유의 기술을 활용해 사회의 본질을 풍자적으로 드러냈고, 중국 문학의 새로운 형식을 만들어냈다.

루쉰과 백화문

《광인일기》는 중국의 '백화문白話文'으로 쓰인 초기 작품들 중 하나다. 중국 서적의 문장들은 왕조를 통해 전해 내려오던 전통적 문어체, 즉 한문을 기반으로 했다. 1918년, 진보적 학자들은 문어체가 서민들이 일상에서 소통하는 언어와 너무 동떨어진 엘리트주의 문장이라 주장하며, 백화문이라는 서면어의 기준을 만들었다. 지역 방언과 비유적 표현, 외래어 그리고 구두점(한문은 구두점을 사용하지 않는다)을 모두 포함한 단순해진 형태의 중국어가 바로 백화문이다.
이렇게 탄생한 백화문은 학교에서 가르치고 배우기도 쉬워 문맹을 줄이고 교육 평등을 이루는 원동력이 됐다. 그리고 루쉰의 작품의 인기는 백화문 정립에 큰 몫을 했다.

《우리 시대의 영웅》

미하일 레르몬토프

줄거리

허무주의에 빠진 러시아 장교 페초린의 삶이 19세기 러시아 캅카스 지역을 배경으로 펼쳐진다.

책 속 인생 수업

인간의 자아에는 파괴적인 힘이 도사리고 있고, 현대 사회는 정신적 황무지가 되기도 한다.

27세의 나이로 요절한 천재 작가 레르몬토프가 1940년에 발표한 장편소설 《우리 시대의 영웅》은 러시아 특유의 문학적 비유인 '잉여인간'의 초기 전형을 제시한다.

잉여인간은 대개 재능도 있고 부유하지만, 자기중심적이고 목적의식이 결여된 인물로 묘사된다. 이런 인간상은 바이런적 영웅Byronic hero(영국 낭만주의 시인 조지 고든 바이런의 이름을 딴 인간상으로 '낭만적 영웅'을 일컫는다—옮긴이)에서 유래된 것이다.

이 소설의 경우는 '반영웅'이라 할 수 있다. 귀족 출신이며 러시아에 갓 전임한 페초린은 영리하고 카리스마 있는 군 장교다. 하지만 그는 만사에 따분해하고 실존주의적 고뇌를 해소하기 위해 다양한 음모를 꾸미고 갈등을 자초한다. 자칭 허무주의자인 페초린은 아주 복합적인 인물이다. 그는 소심하고, 냉소적이며, 모든 일에 시큰둥한 모습을 보인다. 그런 그도 자기혐오를 느끼는 순간을 경험한다. 그 역시 자신이 경멸하는 다른 사람들처럼 인생의 길을 잃은 사람이다. 이런 독백이 그 단적인 예다.

> 저는 불행한 기질을 지니고 있습니다. 그렇게 길러진 건지, 처음부터 신이 그렇게 만들어놓으신 건지는 잘 모르겠습니다. 단지 제가 다른 사람에게는 불행의 원인이며, 저 자신도 행복하지 못하다는 것만을 압니다.

러시아 캅카스 지역의 거친 풍경은 페초린의 황폐한 영혼 그리고 예측 불가능한 행동과 밀접한 연관성을 보인다. 소설의 제목 역시 아이러니하다. 페초린은 반영웅적 인물로 전통적인 영웅의 모습을 전혀 보여주지 않기 때문이다. 이에 대해 비판을 받자 레르몬토프는 개정판을 내며 짧은 서문을 실어 불쾌함을 드러냈다. 특히 제목에 대한 입장을 담아 비평가들에게 일침을 놓았다. "여러분, 페초린은 사실 단 한 남자만의 초상이 아닙니다. 우리 세대에 만연하고 만개한 모든 악덕들을 모아 만든 인물입니다."

따라서 이 소설은 본래, 자신의 존재 자체에 허무함을 느껴 길을 잃거나 도덕성을 상실하고, 나아가 영혼조차 잃어버리는 인간 유형을 풍자할 의도로 쓴 작품이라 할 수 있다.

《우리 시대의 영웅》은 19세기 러시아 문학의 황금기에 나온 대표적인 걸작으로, 후대의 '잉여인간'이 등장하는 표도르 도스토옙스키, 이반 투르게네프, 이반 곤차로프(《오블로모프》라는 작품) 소설의 모델이 되었다. 심지어 20세기 실존주의 소설의 선구자적 역할을 했다고 해도 과언이 아니다.

《1984》

조지 오웰

줄거리

그리 멀지 않은 미래 속, 전체주의 국가의 음울한 지배 체제를 그린 디스토피아 소설로 사회 풍자와 정치적 함의로 유명하다.

책 속 인생 수업

언어는 인간의 사고체계를 구성하고 형성하는 필수 요소다. 따라서 정치적 이득을 위해 언어를 통제하고 조작하는 것은 인간의 발언, 사고, 유대, 행동의 자유에 대한 억압으로 직결된다.

이 디스토피아 소설은 초대국가super-states 셋 중 하나인 오세아니아, 그중에서도 한때 영국이었던 에어스트립 원Airstirp One이라는 지역을 배경으로 한다. 오세아니아는 일당 체제로 이름도 단순히 '당'이라 붙은 정치세력이 장악한 곳으로, 빅 브라더라는 우두머리가 사람들을 감시하고 지배한다.

진리부에서 일하는 주인공 윈스턴 스미스는 현재 집권당의 현기증 나는 체제 선전과 일치하도록 역사를 고쳐 쓰는 일을 하고 있다. 다른 오세아니아 시민들과 마찬가지로 스미스 역시 극심한 공포, 피해망상에 시달리며 동료들이 사상경찰이나 지하 저항 운동 단체인 형제당의 스파이가 아닌지 의심한다. 그러다가 동료 줄리아를 만나 은밀한 연애(이곳에서 자유로운 성관계는 불법이다)를 시작하며 반란과 저항의 꿈을 꾸게 된다.

하지만 윈스턴과 줄리아의 관계는 발각되고 두 사람은 모두 감금되어 당의 명령에 굴종하도록 정신 개조를 위한 고문을 당한다. 결국 윈스턴은 사랑과 자유에 대한 갈망을 억누른다. 그를 무너지게 만든 건 뿌리 깊은 공포와 나약함이다.

《1984》는 전체주의 체제의 감시 방식이나, 권력을 유지하고 대중을 억압하기 위한 사상 통제와 고문을 경고하는 우화로 아주 오랫동안 사랑받아왔다. '사상죄thoughtcrime', '신어newspeak', '이중사고doublethink', '빅 브라더big brother' 등 책 속에 등장하는 많은 개념들은 오늘날 현실 세계에서 실제로 쓰이고 있다.

오웰은 이 책을 쓸 때 결핵을 앓고 있었는데, 어쩌면 그것이 작품의 암울한 정서에 어느 정도 영향을 주었을 가능성을 배제할 수 없다(그는 1949년 소설 출간 이후 7개월 만에 숨을 거뒀다). 전체주의 사회가 공포, 분열, 갈등을 조장하는 방식을 생생히 그려낸 《1984》는 올더스 헉슬리의 《멋진 신세계》(1932), 예브게니 이바노비치 자먀찐의 《우리들》(1924)과 함께 디스토피아 고전으로 문학사에 자리하고 있다.

책 제목 '1984'를 둘러싼 오해

소설의 제목을 두고 조지 오웰이 이 소설을 완성한 1948년의 숫자를 뒤집어 책 제목으로 지었다는 주장이 있다. 이 주장은 소설이 미래의 암울한 디스토피아에 대한 예언이 아니라 그 당시 사회를 비판한, 혹은 몇몇 사회가 향하는 방향에 대한 풍자라는 추측으로 이어졌다. 그러나 책의 가제는 '유럽 최후의 남자'였다가 '1982'로 바뀌었고, 마지막에 오웰이 책 제목을 '1984'로 결정지었기 때문에 출간 연도를 도치했다는 가설은 단순한 우연일 가능성이 높다.

《시계태엽 오렌지》

엔서니 버지스

줄거리

미래 디스토피아 사회에서 폭력 성향이 강한 어느 10대 폭력배가 강간과 살인죄로 교도소에 수감되고, 자신의 공격성을 '치료'하기 위한 신경 교화 프로그램에 자원한다.

책 속 인생 수업

인간 도덕성의 근간은 선과 악 중 하나를 선택할 수 있는 자유의지에 달려 있다. 그 선택권을 포기하는 순간 인간은 로봇으로 전락한다.

《시계태엽 오렌지》(1962)의 주인공 화자는 열다섯 살 소년 알렉스다. 그는 비행 청소년 범죄 조직의 리더로 자신이 만들어 낸 '나드샛nadsat'이라는 은어(런던 비속어, 외래어 그리고 다른 외국어, 특히 러시아어와 영어 사이에 뜻은 다르나 발음이 비슷한 단어들을 섞어 만든 언어)(nadcat는 러시아어로 '10대'라는 뜻—옮긴이)로 이야기한다. 엄청난 비행을 저지르고 다니다 경찰에 체포된 알렉스는 살인죄를 선고받고 교도소에 수감되지만 그 안에서까지 살인을 저지른다. 결국 그는 극단적인 혐오 요법인 실험적 행동 개조 프로그램에 참여하게 된다. 겉으로는 공격 성향이 '치료'된 것처럼 보인 알렉스는 교도소에서 출소하지만 새로운 삶에 적응하는 데 어려움을 겪는다. 그는 옳음과 그름 중 하나를 선택할 수 있는 능력이 손상되어 진정한 갱생의 길도 선택할 수 없고, 결국 자기 의지와 상관없이 반정부 선전에 이용당하다가 자살을 시도한다.

암울한 정치사회 풍자 소설인 앤서니 버지스의 이 작품은, 개인을 통제하고 사회를 공포와 수동적 순응 상태로 유지하기 위해 정부가 범죄를 교묘하게 다루는 방식을 강렬하게 재현해냈다.

《진 브로디 선생의 전성기》

뮤리얼 스파크

줄거리

파격적이고 거침없는 어느 교사가 어린 여학생들에게 급진적인 방식의 교육을 시도한다.

책 속 인생 수업

자유 사고나 진보적 태도를 격려하는 것과 사적인 의견이나 편견을 강요하는 것은 완전히 다른 일이다. 그러나 교육을 하다 보면 이 둘 사이의 차이가 모호해지는 경우가 종종 발생한다.

이 소설은 표면적으로는 책이나 영화에서 많이 보아온 익숙한 서사를 따라가는 것처럼 보인다. 학생들에게 영감을 불어넣어 주는 진보적인 선생님이 제도적 교육의 희생자가 되거나 치졸한 질투심에 배신당하는 이야기 말이다.

1930년대 에든버러 여학교의 진 브로디 선생은 제자들에게 수학이나 과학에 들이는 시간을 희생해서라도 예술, 문학, 종교와 로맨스의 힘을 포용하라고 격려한다. 그녀는 자기가 선발한 여섯 명의 여학생 무리, 일명 '브로디 무리'에게 관습에 저항하라고 부추기며, 때로는 교장과의 갈등도 불사한다.

그러나 이 소설은 표면에 드러난 것보다 훨씬 더 복잡하고 사악한 심리를 탐구하고 있다. 브로디 선생은 자신을 멘토로 따를 학생들을 신중하게 선별하고, 그들의 결핍과 불안을 이용한다. 그녀는 그 무리의 학생들에게 다른 학생들을 소외시키도록 부추기고, 그들의 생각과 행위를 조종하며, 심지어 한 학생을 어느 교사와 부적절한 관계에 휘말리도록 사주하기까지 한다. 브로디 선생은 무솔리니나 프랑코 같은 파시스트 독재자들을 낭만적으로 묘사하고, 결국은 이런 왜곡된 세계관을 설교하는 행위 때문에 해고를 당한다.

이 작품의 배경은 파시스트 이념이 부상하던 1930년대로 설정되어 있지만, 소설이 출간된 해는 1961년이기 때문에 사실은 전후 세대의 성 해방과 자유사상에 대한 은밀한 풍자라는 주장도 있다. 자유와 진보적 가치로 포장된 것들 아래에는 그저 보이는 형태만 다른 광신주의, 배척과 억압이 도사리고 있다는 것이 바로 작가가 전하고자 한 메시지다. '진 브로디'라는 독보적인 캐릭터를 통해 겉모습으로는 알 수 없는 인간의 본질을 날카롭게 꿰뚫고 있는 《진 브로디 선생의 전성기》로 뮤리얼 스파크는 문단의 주목을 받고 세계적인 명성을 얻었다.

《미들마치》

조지 엘리엇

줄거리

잉글랜드 중부 지방 도시 사람들의 삶을 묘사한 빅토리아 시대의 고전. 다채로운 등장인물들을 통해 여성의 사회적 지위, 이상주의, 야망 그리고 결혼의 본질이라는 주제들을 다룬다.

책 속 인생 수업

개인의 행위, 야망, 욕망은 그들을 둘러싼 사람들에게 영향을 주기도, 받기도 한다.
사회에 순응해야 한다는 압박에서 자유로워지기는 쉽지 않다. 그러나 무조건적 순응은 개인의 행복과 발전을 억누른다.

19세기 영국 소설 중 가장 위대한 작품 중 하나로 손꼽히는 《미들마치》(1872)는 창의성이나 서술 기법이 현대 소설들과 비슷하다. '지방의 삶에 대한 연구'라는 부제가 이 소설에 따라다니는 이유도 엘리엇이 '미들마치'라는 가상의 소도시를 배경으로 각 사회 계층을 대변하는 다양한 인물들을 등장시켜 야망, 교류, 천직, 예절, 인간관계를 깨알 같은 디테일로 묘사하고 있기 때문이다.

이 소설의 중요한 주제 중 하나는 결혼은 그저 숨 막히는 제도일 뿐이라는 것이다. 미들마치의 등장인물들은 사랑 때문에 결혼한다고 믿고 있지만 실상은 그저 사회적 관습과 기준에 순응하고 타협할 뿐이다.

빅토리아 시대 소설, 그중에서도 특히 로맨스 소설은 보통 결혼으로 결말을 맺는 것이 일반적이었다. 마치 결혼이 모두가 개인의 행복과 성취를 위해 열망해야 할 가장 고귀한 이상이기라도 한 것처럼. 엘리엇은 로맨스 소설이 얘기하지 않은 결혼 전후의 관계를 구체적으로 그린다.

실제로 조지 엘리엇의 본명은 메리 앤 에번스로, 그녀는 철학자이자 문예비평가인 조지 헨리 루이스와 제도권에서 인정하지 않는 관계를 맺었고, 그로 인해 가족들에게서까지 비난을 받았다. 그런 만큼 그녀는 결혼 제도를 거래의 성격을 띤 타협, 혹은 멍청한 이상주의로 묘사하며 빅토리아 시대 로맨스 소설의 기준을 뒤엎었다.

《미들마치》는 850쪽이 넘는 방대한 분량으로 결코 읽기 쉬운 책은 아니다. 만화경처럼 변화무쌍한 세부 내용들을 소화하려면 상당한 인내심이 필요하다. 그러나 성실한 독자라면 끝까지 읽은 보상으로 '빅토리아 시대의 풍경화'라는 찬사를 받을 만큼 촘촘히 그린 영국 사회의 격변을 들여다보고, 인간과 사회 그리고 개인의 선택에 대한 통찰을 얻을 수 있을 것이다.

《허클베리 핀의 모험》

마크 트웨인

줄거리

알코올 중독자 아버지의 학대를 피해 달아난 가난한 백인 소년과 탈출 노예가 만나 함께 떠나는 모험. 두 소년은 뗏목을 타고 미시시피강을 따라 자유를 향한 여정을 시작한다.

책 속 인생 수업

개인의 자유와 독립은 짜여진 틀에서 벗어나 자연인이 되었을 때 발견할 수 있는 것인지도 모른다. 자연은 문명 세계에 가득한 인위적 가치들과 큰 대조를 이루기 때문이다.

1885년 출간된 이 소설은 미국의 가장 위대한 문학 작품 중 하나로 손꼽힌다. 《톰 소여의 모험》(1876)의 속편으로 인식되기도 하지만 사실 《허클베리 핀의 모험》은 그 전작과는 근본적으로 다른 작품이다. 마크 트웨인은 1인칭 화자를 내세워 그의 생각과 행동을 다양한 지역 사투리, 비유적 표현, 고유한 문법을 곁들인 남부 방언으로 펼쳐낸다.

이 소설은 허클베리 핀이 소년 시절부터 성인으로 성장하는 모습을 미시시피강을 따라 내려가는 여정에 반영한 성장소설이다. 호머의 《오디세이》의 전통을 이어받아 허클베리 핀도 여정 중에 다양한 인물과 상황을 만나, 도덕적으로 어려운 결정과 딜레마에 봉착한다. 허클베리 핀은 소설 속 주인공들이 그렇듯, 그때마다 최선의 길을 모색하고 자아를 발견해가는 항해를 지속하기 위해 재치와 지혜를 발휘한다.

자유분방한 소년 허클베리 핀의 '사회적으로' 부적절한 언행과 당시 미국 사회의 기반이었던 기독교와 제도권 교육에 대한 비판 때문에, 이 책은 출간과 동시에 큰 논란에 휩싸였다. 특히 '깜둥이nigger'라는 용어는 현대의 독자들도 불편하게 느낄 만한 문제적 요소다. 이외에도 인종차별 소지가 있는 표현과 고정관념이 등장해 지금까지도 비평가들 사이에 의견이 분분하다. 그러나 이 소설 전반에는 노예제도에 대한 혹독한 비난과 인종차별에 대한 강력한 비판이 깔려 있어 항간의 논란을 오히려 반박하는 의견들도 있다.

무엇보다 이 소설의 핵심 주제는 개인의 자유다. 트웨인은 개인을 제약하는 '올드 사우스Old South(남북 전쟁 이전의 남부)'의 완고한 태도와 물질주의, 도덕적 타락에 상당한 경멸을 보이고 있다. 허클베리 핀과 짐의 강변에서의 삶은 숨 막히는 제도권 사회의 문화적 압박으로부터 벗어난 개인, 즉 자연스러운 자유인의 모습을 보여준다.

《허클베리 핀의 모험》은 여러 논란에도 불구하고 미국 현대 문학의 효시이자 미국 문학사에서 아주 중요한 의미를 갖는 작품이다. 지역 방언의 획기적인 활용, 보편적인 주제, 그리고 사회적 태도에 대한 비평을 통해 이 한 권의 책이 아동 문학의 성질 자체를 바꾸어놓았기 때문이다.

출간 당시 '쓰레기' 소리를 들었던 《허클베리 핀의 모험》

1885년 《허클베리 핀의 모험》이 미국에서 처음 출간되었을 때(영국과 캐나다에서 먼저 출간) 몇몇 지역에서는 판매가 금지됐다. 어느 도서 협회에서는 이 책을 '쓰레기'라고 칭하며 "빈민가에서나 읽을 법하다"는 발언을 서슴지 않았다. 《허클베리 핀의 모험》이 출간 초창기에 이렇게 큰 반발에 부딪힌 것은 인종 문제가 아닌 남부 방언 사용 때문이었다. 사람들은 마크 트웨인이 저급한 말투와 천박한 용어를 사용했다고 비난했다. 그들은 트웨인이 남부 사람을, 특히 그들이 말하는 방식을 조롱했다고 주장했다.

《위대한 개츠비》

F. 스콧 피츠제럴드

줄거리

비밀에 싸인 백만장자 제이 개츠비가 잃어버린 사랑을 좇는 비극적인 이야기로 1920년대 뉴욕의 쾌락주의와 도덕적 해이를 묘사한 고전.

책 속 인생 수업

겉모습과 진실 사이에는 종종 차이가 있다. 모든 것이 보이는 그대로는 아니다.
행복과 사랑은 돈으로 살 수 없다.

《위대한 개츠비》가 출간된 1925년은, 경제적 사회적 격변기이자 '재즈 시대'(1차 세계대전 이후부터 1920년대는 향락적인 재즈 음악의 전성기였다—옮긴이)라 불리던 광란의 1920년대 한복판이었다. 이 소설은 1차 세계대전에 참전했다가 금융계에 자리를 잡아보려고 동부로 건너 온 닉 캐러웨이의 이야기로 시작된다.

독자들은 캐러웨이의 눈을 통해 등장인물들의 관계, 그들의 야망과 자만심을 관찰한다. 호화로운 저택과 옷 그리고 개츠비의 퇴폐적인 파티에 대한 묘사로 소설 전반에 화려함이 넘쳐나지만, 이스트 에그와 웨스트 에그라는 두 지역의 차이는 아주 뚜렷하다. 이스트 에그는 톰과 데이지 뷰캐넌이 살고 있는, 대대로 세습된 '옛날' 부자 동네이고, 웨스트 에그는 개츠비와 출세를 지향하는 캐러웨이가 대변하는 신흥부자들이 사는 지역이다.

《위대한 개츠비》는 아메리칸 드림, 즉 미국은 누구든 무엇이든 될 수 있는 포부 넘치는, 새로운 땅이라는 이상을 비판한 작품이다. 가난한 빈농 출신이었지만 밀수로 큰 부를 축적한 개츠비는 엄청난 부자가 됐다. 그는 자신이 돈을 번 방법에 대한 루머를 속삭이며 즐거움을 만끽하지만, 결정적으로 그 재력으로 자신이 원하는 딱 한 가지, 그가 잃어버린 사랑을 되찾을 수는 없었다. 바로 이 대목이 아메리칸 드림의 실패를 보여주는 지점이다. 막강한 재력에도 불구하고 개츠비는 언제나 '어디서 왔는지도 모를 별 볼 일 없는 사람'(톰 뷰캐넌이 무시하듯 말한 것처럼)일 뿐이다.

개츠비의 야망과 절망, 욕망과 집착을 다룬 이 소설은 100년 전 독자들에게 그랬듯 오늘날의 독자들에게도 강렬한 여운을 남긴다.

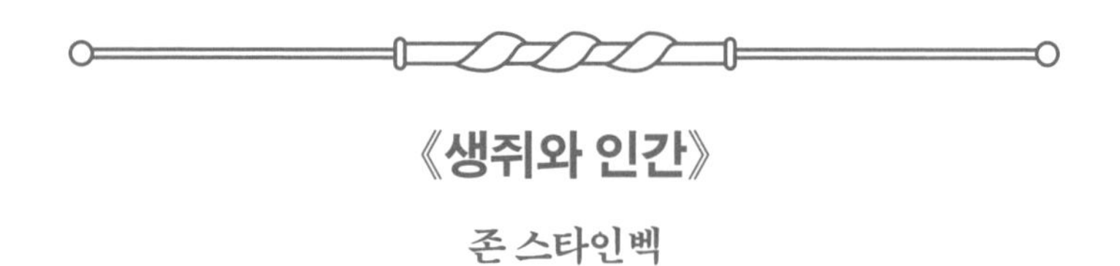

《생쥐와 인간》

존 스타인벡

줄거리

1930년대 대공황 시절의 미국, 자신들만의 농장을 갖는 꿈을 품은 두 이주 노동자의 희망과 좌절을 그린다.

책 속 인생 수업

때로 우정은 인간을 움직이게 만드는 강력한 동기가 된다.
꿈은 꿈일 뿐, 꿈이 삶의 의미를 찾는 유일한 길이라는 믿음은 위험하다.

1937년 출간된 중편소설 《생쥐와 인간》은 떠돌이 농장 일꾼 조지와 레니의 이야기다. 두 사람은 대공황 시기에 일을 찾아 여기저기 떠돌아다니는 신세지만 언젠가 자신들의 농장을 갖겠다는 오랜 꿈을 품고 있다.

스타인벡은 이 소설에서 인간의 외로움과 고립이라는 특징을 탐구한다. 등장인물 중 많은 이들이 우정에 대한 열망을 말로 직접 표현한다. 조지와 레니는 조지의 책임감을 기반으로 유대를 형성했고, 둘 다 자기 인생의 주인이 되어 '종속되지 않는 삶'을 사는 꿈을 품고 있다. 그 꿈은 그들의 동료 일꾼 중, 노년에는 벗들과 함께 외롭지 않게 늙어가며 안정된 삶을 살길 원하는 캔디, 그리고 타인의 인정과 높은 자존감을 열망하는 크룩스도 유혹할 정도로 달콤하고 희망적인 것이었다.

《생쥐와 인간》의 비극은 간절했던 열망이 주변 상황에 의해 좌절되고, 사람들이 각자가 갇힌 상황에서 벗어나지 못하면서 시작된다. 조지는 정신 장애를 앓는 레니를 돌보기로 맹세했지만 그로 인해 본인의 자유에 제약을 받고, 레니는 조지의 야망을 위협하는 짐이 된다. 컬리의 아내는 농장주의 잔인하고 폭력적인 아들과 불행한 결혼을 한 뒤 유명한 영화배우가 되겠다는 꿈을 포기하고 만다. 사고로 다리를 절게 된 캔디는 키우던 충성스러운 개마저 세상을 떠나자 농장에서도 쓸모없는 사람 취급을 받으며 혼자 늙어간다. 레니는, 자신의 잘못은 아니지만, 부드러운 것들을 만져야만 하는 페티시즘이라는 정신 장애 때문에 자신과 주변 사람들을 위험에 빠뜨리고 결국 감금된다.

그리 길지 않은 이 한 편의 소설로 스타인벡은 인간의 외로움, 억압, 잔인함 그리고 조각난 꿈에 대한 잔혹한 이야기를 빚어냈다.

《허영의 시장》

윌리엄 M. 새커리

줄거리

나폴레옹 전쟁을 배경으로, 영국 상류 사회에서 성공하기 위해 분투하는 두 젊은 여인의 인생을 다룬다.

책 속 인생 수업

야망에 눈이 멀어 비도덕적인 방식으로 부와 지위를 쟁취하려 든다면 그 끝에 기다리는 것은 실패와 불행 그리고 사회적 고립뿐이다.

풍자 잡지인 〈펀치Punch〉에 20회분으로 연재된 《허영의 시장》은 1848년에 한 권의 책으로 묶여 나왔다. 연재물에 처음 붙인 부제인 '연필과 펜으로 그린 영국 사회 스케치'는 이 소설의 문체와 냉소적인 분위기를 완벽하게 표현하는 제목이었다.

두서없고 거침없이 전개되는 이야기의 중심에는 고아인 베키 샤프와 점잖은 집안의 딸 아멜리아 '에미' 세들리가 있다.

이 둘은 친구 사이지만 지극히 대조적인 인물들이다. 베키는 야심만만하고, 교묘하게 사람들을 조종하는 기만적인 인물로, 자신이 원하는 바를 잘 알고 있고 목적을 이루기 위해서라면 절대 멈추는 법이 없다. 반면 아멜리아는 수동적이고, 섬세하며 바르고 착하다. 어쩌면 세상의 냉혹한 현실에 대해 너무 무지하다고도 볼 수 있다.

베키와 아멜리아는 그들의 운명에 얽힌 다양한 인물들을 만나면서 사랑, 결혼, 명예, 탐욕 그리고 스캔들을 경험하게 되고 독자들은 그 과정을 따라간다. 새커리는 부유한 중상층 인물들을 특유의 희극적 필치로 '스케치'해 인간의 본성에 대한 통찰을 제공한다. 소설이 단행본으로 출간됐을 때 새커리는 부제를 '영웅 없는 소설'로 바꾸었다. 소설 속 거의 모든 등장인물이 허영과 이기심, 탐욕으로 똘똘 뭉친 흠 있는 인간들이었기 때문이다.

《허영의 시장》은 19세기 영국 상류 사회의 도덕적 윤리적 문제들을 비판한 풍자 소설의 고전이다. 마르크스주의 비평가들은 결혼 제도가 여성을 상품화하고 있다는 것이 이 소설의 주제 중 하나이고, 이는 경박한 초기 자본주의 세계를 풍자하고 있다고 주장했다. 그러나 큰 틀에서 보면, 이 소설의 풍자는 과거의 사회적 문화적 관습을 지켜내려는 노력이 엿보이므로 어떤 측면에서는 보수적이다. 새커리는 매서운 눈으로 만연한 물질주의, 허영심, 속물 근성, 위선을 조롱하면서도 사회의 병폐에 대한 개혁의 여지는 전혀 보여주지 않는다. 어쩌면 상류층으로의 계층 이동 욕구가 정직과 품위라는 옛 시절의 가치를 훼손한다고 믿은 새커리는, 그것을 정면으로 비판하며 '네 분수를 알라'라는 메시지를 강조하고 있는지도 모른다. 이 소설은 아무리 수단과 방법을 가리지 않고 부를 축적해봤자 품위, 즉 도덕적 자질까지는 돈으로 살 수 없음을 분명히 지적하고 있다.

《마의 산》

토마스 만

줄거리

아픔과 질병의 본질을 다룬 독일 철학 소설. 제1차 세계대전을 몇 년 앞둔 스위스를 배경으로, 알프스의 요양원에 머물게 된 청년과 그가 그곳에서 만난 사람들의 이야기.

책 속 인생 수업

삶은 진정한 지혜와 지식을 추구하는 과정이다.
진짜 지혜와 지식은 질병과 죽음에 대한 사색과 경험을 통해 얻을 수 있다.

1924년 출간된 《마의 산》은 집필에서 퇴고, 출간까지 12년이라는 시간이 걸린 토마스 만의 대표작이다.

소설의 주인공 한스 카스토르프는 조선기사 시험에 합격하여 곧 엔지니어로 일할 예정이었던 부유한 독일 청년으로, 새 직장 입사를 앞두고 스위스 다보스의 호화로운 요양원에서 폐결핵을 치료 중인 사촌을 만나러 간다. 처음에는 사촌의 곁을 지키기 위해 3주만 머물 작정이었지만, 그에게서도 가벼운 기관지염 증상이 생기며 상황이 달라진다. 결국 카스토르프는 병세가 나빠져 결핵 초기 진단을 받고 증세가 호전될 때까지 요양 생활에 들어가 7년의 시간을 요양원에서 보내게 된다.

카스토르프는 요양원의 삶, 특히 알프스의 경이로운 아름다움과 '만년설'이 펼쳐진 초자연적인 환경에 급속히 빠져든다. 그곳에서의 삶은 기본적으로 한가하게 유유자적하다가 간간이 기이한 치료와 의학적 처치를 받는 식이다. 카스토르프는 부유한 유럽 부르주아들과 친구가 되는데 연령이나 기질, 국적, 언어가 모두 다른 그들은 임박한 죽음의 위협과 질병의 경험을 공유하며 유대를 이룬다.

《마의 산》은 주인공이 도덕적, 영적, 지적 깨달음을 얻는 여정을 그린 교양 소설bildungsroman(주인공이 내면의 자아를 형성하고 성장해가는 과정을 담은 소설—옮긴이)의 형식을 갖추고 있지만, 모든 사건이 딱 한 장소에서만 발생한다는 점에서 소설 형식의 일부 요소를 뒤엎기도 했다.

요양원이라는 한정된 장소에서 지식에 갈증을 느끼던 카스토르프는 다른 환자들과의 교류를 통해 배움을 얻기도 하지만, 결국 그가 삶을 진정으로 이해하게 되는 계기는 죽음에 대한 자신만의 성찰을 통해서다.

'질병'은 전쟁 공포에 대한 알레고리

토마스 만은 1912년, 다보스의 유명한 요양원에서 폐렴 치료 중이던 아내를 방문하고 《마의 산》을 쓰기 시작했다. 처음에는 코믹한 단편을 쓸 의도로 시작했지만 제1차 세계대전 발발은 만의 세계관에 깊은 영향을 주었다. 결국 만은 소설을 다시 검토하고 방대하게 키워 작품이 훨씬 더 어두운 논조를 띠도록 했다.

'질병'은 전쟁의 공포로 빠져들던 유럽 사회의 상황에 대한 알레고리로 읽을 수 있다. 1차 세계대전 이후 의식의 대전환을 맞은 토마스 만은 자신의 정신적 삶의 궤적을 기록한 《마의 산》을 계기로 소설가로서 세계적 명성을 얻었고 1929년 노벨문학상을 받았다.

《가르강튀아와 팡타그뤼엘》

프랑수아 라블레

줄거리

서양 풍자 문학의 백미로 일컬어지는 16세기 프랑스 소설. 다섯 권의 연작물로 거인 팡타그뤼엘과 그의 아버지 가르강튀아의 모험과 삶을 상세히 다룬다.

책 속 인생 수업

세상을, 그리고 그 안의 사회와 사람들을 너무 심각하게 생각하지 않는 능력과 유머 감각, 그 안에 지혜와 기쁨이 있나니.

프랑스 르네상스의 선구자로 꼽히는 작가 프랑수아 라블레의 첫 연작 소설인 《가르강튀아팡타그뤼엘》은 작가가 의도적으로 붙인 길고 진부한 원제 때문에, 영어로는 간단하게 '가르강튀아와 팡타그뤼엘'이라 불린다. 1532년 출간된 제1권 《팡타그뤼엘》은 거인의 기원 그리고 팡타그뤼엘의 출생, 어린 시절과 그가 받은 교육을 다룬다. 제2권 《가르강튀아》는 1권보다

앞선 시간의 일을 다룬 속편으로(현대판 전집은 대부분 《가르강튀아》를 1권에 배치한다.) 팡타그뤼엘의 아버지 가르강튀아에 대해 상세히 다룬다. 나머지 세 권은 통속적 중세 로맨스(《돈키호테》 참고)를 다룬 영웅 여정의 장편 패러디로, 여정의 주요 목적은 팡타그뤼엘의 친구 파뉘르주의 결혼이 의미 있는 일인지 결정하는 것이다.

《가르강튀아와 팡타그뤼엘》은 결혼, 교육, 종교, 전쟁을 비롯해 작가가 조롱하고 싶었던 프랑스 르네상스 시대의 삶의 모든 단면을 상스럽고 불편할 정도로 통렬하게 풍자한다. 소설에는 형식의 파괴가 가득한데, 그중에서도 특히 팡타그뤼엘과 파뉘르주의 여정이 담긴 3권은 여정 그 자체를 조롱하고 있다. 아가씨를 구하러 가는 고결한 원정이라기보다는 아가씨가 이미 바람이 났을까 봐 무서워서 아가씨를 구하지 않을 온갖 이유를 찾는 데 목적이 있음을 보여주기 때문이다.

수도원에서 수도사 생활을 했지만 자유분방한 기질과 맞지 않아 성직을 떠난 라블레는 타고난 기질대로 소설 안에서 언어유희와 말장난을 즐겼고, 신조어를 만들어내거나, '지혜롭지만' 엉터리 같은 선언을 즐겼다.

이 때문에 《가르강튀아와 팡타그뤼엘》은 소위 '카니발레스크carnivalesque'와 '그로테스크 사실주의'로 불리는 문학 장르적 특징을 띤다. 카니발 혹은 카니발레스크는 흥겹고 무질서한 중세의 축제나 민속 의식의 자유로움에서 영감을 받아 전통적 문학 형식을 의도적으로 전복하는 문학 양식이다. 전통적 위계나 사회적 구속을 모두 뒤집어버리고, 흔한 이중성도 뒤엎어 멍청한 것은 영리한 것이 되고, 신성한 것은 불경한 것이 되는 식이다. 라블레는 주로 성교, 배설 등의 생체 기능과 인체의 우스꽝스러운 특징을 이용해 고상하고 숭고한 개념을 밑바닥까지 끌어내리는 그로테스크 사실주의를 작품에 구현했다.

사실상 라블레의 연작 소설은 유럽 풍자 문학의 시초 격으로, 훗날 발표된 《돈키호테》, 《신사 트리스트럼 섄디의 인생과 생각 이야기》, 《걸리버 여행기》 등이 모두 라블레의 영향을 받았다.

《변신》

프란츠 카프카

줄거리

고된 업무에 시달리는 출장 영업사원 그레고르 잠자는 어느 날 아침 일어나보니 거대한 갑충으로 변신해 있다. 새로운 상황 그리고 자신을 향한 가족의 공포와 혐오를 감당하기 위한 그의 분투가 시작된다.

책 속 인생 수업

개인은 언제든지 사회로부터 소외당할 수 있다. 그리고 가혹한 의무는 개인의 정체성과 자의식을 일그러뜨린다.

1915년에 발표된 프란츠 카프카의 중편소설 《변신》은 이유도 모른 채 거대한 갑충이 된 한 남자의 비극적인 이야기다.

주인공 그레고르는 처음에는 이 상황을 받아들이기 위해 고군분투하고, 이 변신이 일시적인 것이라 믿으며 평소대로 살아가려고 애쓴다. 가족들은 흉측한 해충으로 변해버린 그레고르에게 적대감, 혐오감에서부터 동정, 연민에 이르기까지 다양한 감정으로 반응하지만, 결국은 그를 수치스럽게 여기고 등을 돌린다.

그레고르가 버는 수입에 의존해 살아왔던 식구들 중에는 그레고르의 건강이나 안위보다는 집세 걱정이 먼저인 사람도 있다. 그레고르의 직장 상사도 침대에서 꼼짝 못 하는 그를 냉정하고 무심하게 대하고 착취의 대상으로만 여긴다. 그런데도 그레고르는 자신이 거대한 갑충으로 변했음을 알게 된 후, 그로 인해 일자리를 잃고 가족의 생계를 유지하지 못하게 될 것을 제일 걱정한다.

그레고르의 가족 중에 왜 그가 벌레가 됐는지 의문을 갖고, 그가 어떤 기분일지 걱정하는 사람은 여동생 그레테뿐이다. 그러나 결국 그레테마저 그에게 등을 돌리는 순간은 이 소설의 가장 가슴 아픈 대목 중 하나다.

《변신》은 종종 부조리주의 혹은 실존주의 문학으로 불리지만, 장기 불치병이 갖는 오명에 대한 알레고리로도 읽을 수 있다. 그레고르의 가족들은 갑충으로 변신한 그의 기본적인 욕구를 채워주는 것조차 힘겨워하고, 그를 세상으로부터 분리시켜 숨겨두면서 그레고르는 점점 더 외로운 존재가 된다. 결국 그레고르는 무관심과 방치 속에 쇠약해져 굶어 죽고 만다.

카프카의 《변신》은 비인간적인 세상에서 인간으로 살아가는 것이 어떤 느낌인지 보여주는 강렬하고 공포스러운 우화다. 프란츠 카프카는 모든 것이 불확실한 현대인의 삶 속에서 인간이 느끼는 불안과 절망을 군더더기 없이 명료한 언어로 형상화했다. 실제로 그는 30대 초반에 진단받은 폐결핵으로 투병하다 40세에 병세가 악화되어 사망했는데, 작품들을 모두 없애달라는 유언을 남겼음에도 친구 막스 브로트가 그의 작품을 보관하고 있다가 출판했다.

《노인과 바다》

어니스트 헤밍웨이

줄거리

쿠바의 고기잡이 노인이 일생일대의 고기를 잡기 위해 바다에 나갔다가 거대한 청새치와 불굴의 사투를 벌인다.

책 속 인생 수업

삶의 다양한 문제들과 싸우다가 패배에 직면했을 때 다시금 힘을 낼 수 있게 해주는 인간의 특징은 인내, 희망, 존엄성이다.

1952년에 출간된 이 짧은 소설은 어니스트 헤밍웨이 생전에 출판된 주목할 만한 소설들 중 마지막 작품이자 그의 대표작이다. 미국 현대 문학의 개척자라 불리는 헤밍웨이는 전쟁 후 삶의 좌표를 잃어버린 세대를 대표하는 작가로, 《노인과 바다》에는 작가 고유의 실존 철학이 짧은 분량 안에 집약되어 있다.

쿠바에서 홀로 고기잡이를 하는 노인 산티아고는 이제 운이 다했는지 무려 84일간이나 고기를 한 마리도 잡지 못하고 있다. 미신을 믿는 어촌 주민들은 산티아고를 '살라오salao'라고 불렀는데 이는 저주받았다는 의미의 말이다. 그런 미신 때문에 평소 산티아고의 일을 돕던 마놀린이라는 소년의 가족은, 운명을 바꿔야 한다며 소년을 다른 배로 보내고 산티아고는 일손마저 잃는다.

저주를 풀기로 결심한 산티아고는 고기를 잡기 위해 먼바다로 떠나고 거대한 청새치와 일생일대의 사투를 벌인다. 며칠 밤낮 이어진 청새치와의 싸움에서 산티아고는 어렵게 승리하지만 그의 역경은 거기서 순순히 끝나지 않는다. 지치고 다친 몸으로 뭍에서 멀리 떠나와 있는 노인에게는 상어가 득실대는 바다를 건너 집으로 돌아가야 하는 임무가 남았기 때문이다.

《노인과 바다》에서 헤밍웨이는 자연에 맞서 싸우는 남자의 단순한 이야기를 인생의 역경에 맞서는 인간의 정신과 회복력이라는 주제로 격상시켰다.

청새치와의 싸움을 동등한 상대끼리 펼치는 숭고한 전투로 본 산티아고는 물고기로 인한 역경이 희망, 용기, 사랑, 그리고 인내라는 인간의 최고의 자질을 불러내준다는 것을 알고 있었다. 부족한 잠 때문에 의식이 반쯤 나간 산티아고는 청새치를 '형제'라고 부르며 이 물고기를 죽이는 것이 죄가 될지도 모르겠다는 생각을 하기도 한다. 산티아고는 비록 전투에서는 이겼지만 어렵게 잡은 물고기를 상어 떼에게 다 내주며 결국

지는 쪽을 택한다. 그러나 정신만은 꺾이지 않은 채, 산티아고는 계속 고군분투할 거라 맹세하며 마지막에 이렇게 말한다.

"인간은 패배하도록 창조되지 않았어. 파멸당할 수 있을지 몰라도 패배하지는 않아."

《레 미제라블》

빅토르 위고

줄거리

사회적 부당함과 편견에 맞서 도덕적 확신을 지키며 살아가려는 전과자 장 발장을 통해 인내와 용기, 사랑 그리고 구원의 모습을 보여주는 프랑스 대서사 소설.

책 속 인생 수업

사랑, 연민, 용서는 보편적인 인간의 자질이다. 그것을 타인에게 베푸는 것만큼 뜻깊은 선물은 없고, 사회는 그 결과로 정의와 자유를 누릴 수 있다.

19세기 프랑스의 대문호 빅토르 위고의 대표작 《레 미제라블》은 역사, 철학, 종교, 사회, 인간사의 모든 것을 축적한 세기의 위대한 걸작으로, 전 세계 독자들에게 가장 사랑받는 베스트셀러이자 무대와 스크린을 종횡무진하며 수많은 작품으로 각색되었다. 그중에서도 뮤지컬 〈레 미제라블〉은 〈캣츠〉를 깨고 세계에서 가장 오랫동안 공연되고 있는 무대 공연 작품이 되었다.

1862년 출판된 이 소설은 가난한 소작농 장 발장의 생애를 그린 작품으로, 장 발장은 굶주린 어린아이들을 위해 빵 한 덩어리를 훔치다 붙잡힌 뒤 무려 19년간 감옥살이를 하고 석방된다. 그는 인간에 대한 증오를 품을 수도 있었지만, 세상에 선한 일을 하고 살리라 맹세하며 부당함에 맞서 싸우기로 한다. 그런 장 발장에게 앙심을 품은 집요한 경감 자베르는 끈질기게 장발장을 좇으며 그의 정체를 의심한다. 그 탓에 장 발장은 수십 년간 본인의 과거로부터 도망쳐야만 했다. 이 장대한 이야기는 1832년 파리 봉기와 함께 막을 내린다.

빅토르 위고는 이 소설의 플롯을 19세기 프랑스의 긴급한 사회 문제들을 비판하는 캔버스로 삼았다. 당시 프랑스는 빈곤, 빈부격차, 여성에 대한 처우, 산업화, 사회 정의와 공화정을 둘러싼 문제들이 들끓고 있었다. 그런 문제들을 다루느라 이 소설에는 '프랑스 역사의 백과사전'이라 불러도 좋을 정도로 소설의 실질적인 이야기와 직접 관련 없는 다양한 역사적 사안들이 자주 거론된다. 그러나 소설은 근본적으로 역사적 맥락 안에 굳건히 자리 잡고 있다.

1400쪽이 넘는 이 대작(프랑스 초판 원고의 단어는 65만 5000개가 넘었다)을 읽어나가는 일은 즐기는 마음이 없다면 불가능할지도 모르지만, 뚝심 있는 독자들(주제에서 벗어나는 내용들을 견딜 수 있는)이라면 성취감뿐만 아니라 용서와 자비, 그리고 구원에 관한 시대를 초월한 이야기로 충분한 보상을 받게 될 것이다.

> 무식한 자들에게는 가급적 여러 가지 것을 가르쳐주어야 한다. 무상 교육을 하지 않는것은 사회의 죄다. 사회는 스스로 만들어낸 암흑에 책임을 져야 한다. 마음속에 그늘이 가득 차 있으면 거기에서 죄가 범해진다. 죄인은 죄를 범한 자가 아니라, 그늘을 만든 자다.

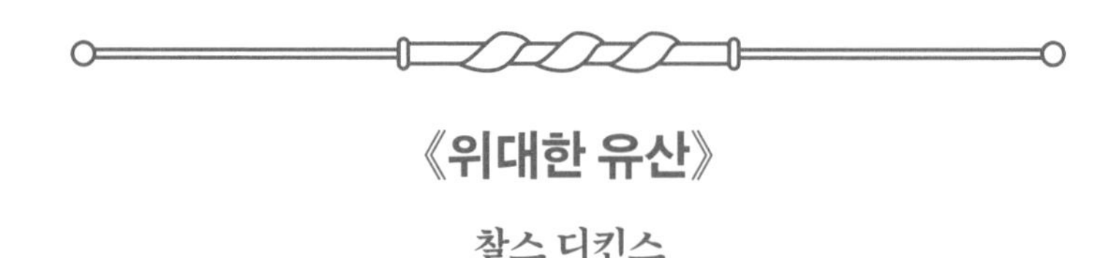

《위대한 유산》

찰스 디킨스

줄거리

미천한 신분에서 벗어나 신사가 되길 원하는 주인공 핍이 '돈'이라는 막대한 유산을 받은 후 겪는 일들을 따라가는 성장 소설.

책 속 인생 수업

사랑, 의리, 선함은 중요한 가치다. 이런 가치는 물질적 풍요나 사회적 지위 같은 얄팍한 가치와 반대로, 도덕적 양심의 버팀목이 되고 진실한 인간관계의 기반이 된다.

'영국이 낳은 가장 위대한 작가' 중 한 명으로 평가받는 찰스 디킨스의 소설 《위대한 유산》은 그가 남긴 작품 중 대중적으로 가장 널리 사랑받았다. 《위대한 유산》에는 디킨스가 창조한 아주 매력적인 인물이 등장한다. 바로 주인공 '핍'이다. 그는 대장장이의 도제로 일하고 있지만 언젠가는 부와 교양을 갖춘 신사가 되길 열망한다. 핍이 교회 묘지에서 탈옥수 매그위치를 만나는 첫 장면은 디킨스의 소설에서 가장 생생하고 빼어난 장면으로 꼽힌다. 핍은 그에게 먹을 것과 마실 것 그리고 쇠고랑을 끊을 도구를 가져다주고 매그위치는 평생 그 고마움을 잊지 못한다.

일찍 부모를 여의고 누나와 함께 살며 대장장이인 매형 일을 돕던 소년 핍은, 마을의 유지 해비셤 부인의 집에 출입한다. 해비셤은 아름다운 소녀 에스텔러를 수양딸로 데려다 키우는 수수께끼 같은 인물이다. 핍은 그녀의 딸 에스텔러의 놀이친구가 되어 함께 지내면서 금세 에스텔러와 사랑에 빠진다. 그러던 어느 날, 핍은 익명의 자선가로부터 상당한 재산을 물려받게 됐다는 소식을 접하게 되고, 그토록 꿈꿔왔던 신사가 되기 위한 교육을 받기 위해 런던으로 떠난다. 핍은 런던에서 에스텔러와 재회하지만, 어린 시절의 순수함을 잃고 점점 속물적인 인간이 되어간다.

고딕 로맨스 소설이자 성장 소설인 《위대한 유산》(1861)은 찰스 디킨스가 흔히 다루는 주제들, 즉 사회적 계급이나 부유층의 부패, 범죄와 정의를 탐구한다. 디킨스는 가난에서 벗어나 교양 있는 사람이 되겠다는 핍의 욕망을 사회적 관점에서 접근한다. 핍이 가진 가장 '위대한 유산'은 보다 나은 삶을 꿈꾸는 것, 즉 부와 사회적 위치를 통해 훌륭한 사람이 되고자 하는 열망이었다. 그러나 역설적으로, 결국 그의 도덕적 판단을 변질시킨 것은 그런 지위를 향한 끝없는 열망이기도 했다.

《미국의 목가》

필립 로스

줄거리

1960년대와 1970년대 초 격동의 미국 정치사. 그 안에서 펼쳐지는 성공한 사업가의 '완벽한 삶'에 대한 이야기.

책 속 인생 수업

한 개인이 삶에 대해 갖는 기대는 '진짜 삶'이라는 암울한 현실과 상당히 다르다. 의로움이라는 얄팍한 포장이 벗겨진 뒤에는 그 차이가 더 두드러진다.

미국 현대 문학의 거장 필립 로스가 1997년 출간한 이 소설은 장갑 공장을 운영하는 성공한 사업가 세이무어 '스위드' 레보브의 인생 이야기다. 작가는 세이무어의 동생 제리의 친구 네이선 주커먼을 화자로 세운다. 주커먼은 고등학교 동창회에 나갔다가 '스위드'의 망가진 인생에 대해 전해 듣고, 1960년대 미국 사회의 혼돈과 정치적 갈등이라는 역사적 배경을 토대로 친구 형의 처참한 몰락을 재해석한다.

유대인 이민자의 아들로 태어나 중상층의 훌륭한 요건들을 모두 갖춘 세이무어는 그야말로 '아메리칸 드림'의 표본이었다. 고등학교 때 스타 운동선수로 이름을 날린 그는 미인대회 출신의 아내와 결혼했고, 사업도 번창해서 교외의 아름다운 집에 살며 딸 메리를 애지중지 키웠다. 그러나 딸 메리는 언어장애와 불안 증세로 애를 먹었고, 커가면서 사회적 소외감을 느끼고 상당한 스트레스와 좌절을 겪는다. 메리는 말 더듬는 증세를 고쳐보려고 갖은 노력을 했지만 문제를 해결하지 못하고, 더욱더 고립된다. 그리고 급진적인 정치 활동을 자기표현의 수단으로 삼기 시작한다. 메리의 급진적인 행동은 극단으로 치달으며, 급기야 지역 우체국에 폭탄을 설치하는 지경에까지 이른다. 그 일로 결국 무고한 행인이 희생되고, 세이무어의 세계는 무너져 내리기 시작한다.

필립 로스의 소설은 미국 현대사의 다양한 역사적 사건들을 한데 엮어 다루고 있다. 베트남전 반전 시위, 1967년 뉴어크 폭동, 좌익 정치 세력 웨더맨과 흑표범단의 활동 등은 세이무어가 꿈꾸던 목가의 삶과 소설의 배경이 된 미국 사회의 암울한 현실을 대조적으로 보여주는 맥락을 제공한다. 《미국의 목가》는 퓰리처상 후보에만 세 차례 올라 연거푸 고배를 마신 필립 로스에게 1998년 퓰리처상 수상을 안긴 작품으로, 이 소설을 계기로 필립 로스는 가장 미국적인 이야기의 진수를 보여주는 작가로 우뚝 섰다.

《여인의 초상》

헨리 제임스

줄거리

유럽으로 여행을 떠난 젊고 아름다운 미국인 상속녀가 유산을 노리고 접근한 남자에게 속아 사랑 없는 결혼을 하면서 겪는 시련과 딜레마를 다룬다.

책 속 인생 수업

물질만능주의를 떠받드는 사회에 팽배한 가식과 기대치는 개인의 자유와 개성을 파괴한다.

1981년 출간된 《여인의 초상》은 인간 의식의 흐름을 집중적으로 탐구함으로써 20세기 현대 소설이 나아갈 방향을 제시한 작가 헨리 제임스의 대표작이다. 제임스는 이 소설에서 본인이 오랫동안 파고든 단골 주제인 구세계와 신세계의 마찰을 여실히 드러낸다. 신세계를 대변하는 미국인 여인 이사벨 아처는 자유롭고 독립적인 삶을 꿈꾸며 여행을 비롯한 다양한 경험에

목말라 있다. 그녀는 상냥하고 순종적인 아내상을 요구하는 구세계의 기대를 거부한 채 독립적인 삶을 살기로 결심한다. 그리하여 소설의 초반부에서 안정적인 삶을 보장하는 영국인 귀족과 미국인 사업가의 청혼을 모두 거절한다.

그렇게 자기 자신에게 주어진 인생의 가능성을 마음껏 펼쳐가려고 했던 이사벨의 삶은 뜻하지 않게 상당한 유산을 상속받은 뒤 전환점을 맞는다. 그전까지는 평범한 사회적 위치에 있던 그녀가, 엄청난 재산을 상속받으면서 사회 계층의 꼭대기로 올라가고, 본의 아니게 불순한 열망의 대상이 되고 만 것. 그러던 중 교양 있고 고상한 미국인 길버트 오스먼드라는 남자를 만나고, 이사벨은 그가 비록 재산도 명예도 없지만 그와 결혼하면 적어도 동등한 부부만은 될 수 있을 거라는 믿음으로 그의 청혼을 받아들인다. 나중에야 오스먼드와 그의 정부 마담 멀이 재산을 노리고 꾸민 계략에 자신이 희생됐다는 사실을 깨닫게 된다.

오스먼드의 괴롭힘과 강압적인 조종에 이사벨의 자유로운 영혼은 고통을 당하고, 결국 그녀는 도덕적 딜레마에 직면한다. 불행을 감수하고 자신이 가장 끔찍하게 생각했던 순종적인 아내로 충실히 살아갈 것인가, 아니면 자유와 독립을 되찾기 위해 여기서 탈출할 것인가?

《여인의 초상》은 주인공 이사벨의 내면에 초점을 맞추어 자유, 독립성 그리고 자기표현이라는 신세계의 가치가 사회적 지위와 책무, 무엇보다도 겉포장을 내세우는 구세계의 가치와 어떻게 충돌하는지 보여준다. 헨리 제임스의 초기 걸작으로 꼽히는 이 소설은, 그가 초기에 발표한 사실주의 소설들과 나중에 발표한 실험적이고 복합적인 소설들을 잇는 다리 역할을 하는 작품이기도 하다.

《파리대왕》

윌리엄 골딩

줄거리

비행기가 추락하며 한 무리의 소년들이 어른이 하나도 없는 외딴 섬에 고립되고, 생존을 위한 그들만의 사투가 시작된다.

책 속 인생 수업

문명의 도덕적, 윤리적 규범이라는 울타리에서 떨어져 나간 순간, 인간은 미개하고 야만적인 상태로 돌아간다.

노벨문학상 수상 작가 윌리엄 골딩이 1954년에 출간한 그의 대표작 《파리대왕》에 영감을 준 작품은 스코틀랜드 작가 로버트 밸런타인의 19세기 청소년 소설 《산호섬》(1857)이다. 밸런타인의 '소년들만의' 모험에서는 난파된 배에서 살아남아 사막섬에 고립된 소년 셋이 기지를 모아 살아가는 법을 터득한다. 이 소년들은 지략이 넘치고, 용감하며 그들이 만나게 되는 섬 원주민들의 원시 사회에 문명의 영향을 주는 존재로 그려진다.

어린 시절 《산호섬》을 재미있게 읽었던 골딩은 학교 영어 교사로 일하면서 그 책을 다시 접하게 됐고, 비슷한 책을 그 책과 반대의 관점에서 써보고 싶다는 마음을 품게 됐다. 소년들 내면에 도사리고 있던 악한 속성과 야만성이 섬에서 표출된다면 어떤 일이 벌어질까? 이 질문은 성스럽고 지적인 사이먼에 의해 소설 중반까지 계속 제기된다.

소년들은 처음에는 불안정하긴 해도 협력 관계를 형성하지만, 두 '알파 보이' 랄프와 잭 사이의 긴장감이 수면 위로 올라오면서 두 소년의 힘겨루기가 본격화된다. 피해망상, 미신 그리고 사냥과 먹거리 때문에 폭력이 난무하게 되고, 그로 인해 피로 얼룩진 흥분감은 소년들을 집단 광기로 몰아간다. 결국 소년들은 폭력과 잔인함에 빠져 살인까지 저지른다.

골딩은 이 소설에서, 인간에겐 선천적으로 악한 속성이 내재돼 있고 특정 상황, 다시 말해 종교나 법률 등 문명의 규칙이 제시하는 뚜렷한 도덕적 기준이 부재할 때 그 악함은 점점 더 대담해지고 완전히 활개칠 수 있음을 암시한다.

걷잡을 수 없이 암흑과 야만성을 향해 치닫는 인간 사회의 잔혹한 면모를 묘사한 《파리대왕》은 특정 이름을 밝히지 않은 전쟁을 배경으로 하고 있는데, 이를 골딩이 영국 해군 장교로 참전해 직접 목격한 2차 세계대전의 참극에 대한 알레고리로 보는 견해도 있다. 골딩은 이 작품으로 1983년 노벨문학상을 받았고 몇 년 뒤 영국 왕실에서 수여하는 작위를 받았다.

《현명한 피》

플래너리 오코너

줄거리

종교적 신념, 죄악과 구원에 대한 희비극 우화. 외상 후 스트레스 장애에 시달리는 2차 세계대전 참전 용사가 고향인 테네시로 돌아온다. 기독교 근본주의자로 성장했던 그는 종교를 버리고 반종교 설교자로의 행보를 시작한다.

책 속 인생 수업

우리가 가장 부인하거나 억누르려고 하는 것들이, 역설적이게도 우리가 가장 원하고 갈망하는 것이라는 사실은 정말 끔찍한 일이 아닐 수 없다.

헤밍웨이 이후 가장 독창적인 이야기꾼이라고 불리는 플래너리 오코너의 첫 장편소설 《현명한 피》(1952)의 주인공 헤이즐 모츠는 20세기 미국 문학사에서 가장 인상 깊은 반영웅이라 해도 지나침이 없다.

2차 세계대전 이후 갓 제대한 헤이즐은 진리와 영적 구원을 찾기로 결심한다. 신으로부터 버림받았다고 생각한 그는 ‘그리스도 없는 교회’라는 자기만의 선교 활동을 펼칠 계획으로 거리의 설교자로 나선다.

구원을 향한 여정에서 헤이즐은 창녀부터 사기꾼에 이르기까지 그로테스크하고 도덕성이 의심스러운 다양한 인물들을 만나고 갈등을 빚기도 한다. 그 과정에서 그는 자신의 신앙을 거부하는 일에 어려움을 겪기도 하고, 죄를 속죄하고 진정한 진리를 전파하는 방법을 고심하기도 한다.

오코너는 미국 남부 조지아주에서 태어나, 그 지역에서 보기 드문 독실한 가톨릭 교인으로 살면서 자신의 특수한 정체성을 작품 속에 녹여냈다.

서늘한 유머와 고딕풍의 괴기스러움이 가득한《현명한 피》는 아름다운 문장들로 빛나는 소설이다. 이 작품의 냉소적인 대사들은 여러모로 불신이 가득한 이 세상에서 종교의 역할이 무엇인지 질문을 던지는 동시에, 궁극적으로는 답을 제시하고 있기도 하다.

오코너는 능청스럽게 이야기한다. “신앙이란, 믿든 믿지 않든 그것이 진리임을 알고 있는 것이다”라고.

짧은 생애, 긴 자취

여러 편의 단편소설을 남긴 작가, 플래너리 오코너는 애석하게도 1964년 39세의 나이로 요절했다. 그녀는 25세에 만성 자가면역질환인 루푸스를 진단받았지만 이후 10여년 동안 꾸준히 글을 발표하다가 합병증으로 생을 마감했다. 그녀가 짧은 생을 살며 완성한 장편소설은 단 두 편뿐이지만 미국 문학사에 남긴 자취는 크다. 특히 그녀의 단편소설 전집은 1972년 전미도서상을 수상하며 20세기 미국 소설의 가장 독창적이고 강력한 목소리 중 하나로 인정받고 있다.

《앵무새 죽이기》

하퍼 리

줄거리

미국 최남동부 지역의 한 상처한 백인 변호사가, 백인 여자를 강간했다는 누명을 쓴 흑인의 변호를 맡고 벌어지는 이야기.

책 속 인생 수업

인간이 근본적으로 선한 존재 혹은 악한 존재라는 사람들의 믿음과 사회적 윤리는 시대마다 상황마다 달라져왔다.
분명한 건 어떤 사회든 편견과 혐오가 늘 만연했다는 사실이다.

1960년에 출간된 미국 작가 하퍼 리의 《앵무새 죽이기》는 영문학에서 가장 큰 사랑을 받은 소설 중 하나로, 출간 직후 미국 전역에서 선풍적인 인기를 끌며 40개국 언어로 번역돼 전 세계 4000만 부 이상의 판매고를 기록했다. 출간 다음 해인 1961년 퓰리처상을 받았고 1999년에는 〈라이브러리 저널〉 선정 20세기 최고의 소설로 꼽혔다.

앨라배마에서 아버지, 오빠와 함께 살아가는 스카웃이라는 어린 소녀의 성장 소설 형식인 이 책은, 스카웃이 어린 시절 겪었던 사건들, 오빠 젬과 친구 딜과 함께 하던 게임들, 그리고 특히 아서 '부' 래들리라는 정체 모를 이웃을 향한 그들의 관심에 대한 이야기들을 들려준다.

스카웃의 아버지 애티커스 핀치는 백인 여성 강간 혐의를 받는 톰 로빈슨의 결백을 믿고 그의 변호를 맡기로 한다. 애티커스의 이런 결정은 그 지역에 큰 파문을 불러일으키고, 아이들은 편견과 편협함 그리고 부당함의 비극적인 결과물들을 경험하며 사회의 어두운 단면을 접하게 된다.

어린 시절의 순수한 상태에서 경험과 인지의 상태로 이행하는 과정은 《앵무새 죽이기》의 핵심 주제기도 하다. 아버지가 톰 로빈슨을 변호하면서 스카웃과 젬은 학교에서 따돌림과 놀림을 당하고, 자신들을 괴롭히는 아이들의 동기와 동네 주민들의 태도를 이해하는 데 어려움을 겪는다. 인종적 편견에 치우친 배심원단에 의해 톰 로빈슨이 유죄를 선고받자, 젬은 그 모든 것의 부당함에 몸서리치며 자기가 속한 공동체에 환멸을 느낀다. 이 사건은 젬이 어린 시절을 뒤로하고 청년으로 거듭나는 통과의례의 시작점이다. 젬은 이 경험을 통해 연민과 공감 능력을 갖추게 되고, 세상에는 악함과 불의가 존재함을 이해하게 된다.

1930년대 대공황의 여파로 혼란에 빠진 미국 사회와 계층 간, 인종 간의 갈등을 고스란히 녹여낸 《앵무새 죽이기》는, 특히 흑인 인권 문제를 비중 있게 다뤄 독자로 하여금 신념, 정의, 양심, 용기의 문제를 고민하고 자문자답할 수 있는 계기를 만들어주었다.

《걸리버 여행기》

조너선 스위프트

줄거리

걸리버라는 선장이 항해 중에 폭풍을 만나 낯선 섬에 표류하면서 신기하고 기상천외한 모험이 시작된다. 소인국, 대인국 등 괴이한 나라를 여행하며 겪은 이야기를 담은 최고의 풍자 소설.

책 속 인생 수업

진실과 도덕성은 상대적인 것으로, 문화와 사회 혹은 역사적 맥락에 따라 언제든 달라질 수 있으며 절대적이지 않다.

풍자 문학의 대가 조너선 스위프트의 《걸리버 여행기》는 창작 문학 역사상 가장 인상 깊은 장소들을 모험의 대상지로 골랐다. 주인공 걸리버는 첫 항해 중 무서운 폭풍을 만나 조난을 당하고 '릴리펏'이라는 환상의 섬에 표류한다. 그곳에서 그는 15.2센티미터밖에 되지 않는 작은 소인들 사이에서 거인이 된 자신의 모습을 발견한다. 그 뒤로 릴리펏과는 완전히 반대로 거대한 거인들이 사는 '브롭딩낵'이라는 섬, 미친 과학자들이 살며 하늘을 떠다니는 '라퓨타'라는 섬 그리고 마지막으로 언어를 쓰는 말들이 사는 '후이늠'이라는 섬을 여행한다. 후이늠에서는 품격을 갖추고 말도 하는 말들이 인간을 닮은 야후라는 종족을 노예로 삼고 살아가는데, 야후족이 오히려 기형에 야만적인 모습을 하고 있다.

1726년에 출판된 《걸리버 여행기》는 메니피언Menippean 풍자 문학으로 분류된다. 메니피언 풍자란, 특정한 사람들이나 제도가 아닌 사회적 태도나 문화적 사고를 풍자하는 문학 장르로, 목표물을 차례로 바꿔가며 패러디 위에 우화를 엮어나가는 형식을 취하는데 그 접근법이 산만한 것이 특징이다.

스위프트는 이 소설에서 여행 소설의 하위 장르들을 패러디하고, 당시 사실주의 소설로 인식되던 《로빈슨 크루소》의 내용을 의도적으로 뒤집는 시도를 하며 왕족, 정치인, 잉글랜드와 아일랜드의 정치적 상황 그리고 명문 엘리트 교육기관 등 다양한 목표물들을 제물로 삼아 신나게 조롱한다. 그뿐 아니라 풍자 문학 그 이상을 넘어 초기 공상과학 소설이자 판타지 소설의 시초 격이라 불러도 좋을 참신한 시도를 선보인다.

《허영의 불꽃》

톰 울프

줄거리

뉴욕 월스트리트의 성공한 투자 전문가 셔먼 매코이는 자신의 정부가 흑인 청년을 차로 친 뺑소니 사고로 스캔들에 휘말린다. 완벽했던 특권층의 삶이 무너지는 과정을 통해 1980년대 후반 미국의 탐욕과 자만심을 들춰낸 풍자 소설.

책 속 인생 수업

자신이 저지른 잘못에 대한 책임은 결코 돈과 지위로 면할 수 없다.

《허영의 불꽃》은 현대 미국 사회를 예리한 시선으로 비틀어 보는 톰 울프의 대표작이다. 주인공인 잘나가는 와스프(WASP: 앵글로색슨계 백인 신교도. 미국 사회의 주류 지배 계급으로 여겨진다—옮긴이) 투자 전문가 셔먼 매코이는 어느 날 그의 인생을 뿌리째 흔들어놓을 사고에 휘말린다. 공항에서 돌아오던 길, 셔먼과 그의 정부 마리아는 고속도로 진입로를 막고 있던 장애물을 치우려고 차를 세웠다가 흑인 청년 둘과 맞닥뜨리고, 그들을 강도로 여긴 마리아가 흑인 하나를 차로 치어 심각한 부상을 입힌다. 셔먼은 바로 경찰에 신고하자고 하지만 마리아는 이 일이 '정글'에서 일어났기 때문에 경찰도 관심을 갖지 않고 아무도 신경 쓰지 않을 거라고 셔먼을 설득한다. 그러나 이 뺑소니 사건은 두 사람의 바람과 달리 일파만파 커지며 결국 엄청난 정치 스캔들로 확대되고, 언론의 초 집중을 받는 상황까지 치닫는다.

두 사람을 나락으로 떨어뜨린 시발점이 된 것은 무엇보다 그들의 오만과 허영이다. 이 사건이 스캔들로 커지는 과정에는 막장 취재 기자, 야망에 불타는 부패한 변호사, 지역 정치인과 정치 운동가 등 자신의 이익을 위해 두 사람을 이용하려는 다양한 인물들이 일조한다.

《허영의 불꽃》(1987)은 〈롤링스톤〉이라는 대중문화 잡지에 연재물로 실렸던 작품이다. 울프는 문학계 영웅이었던 찰스 디킨스와 윌리엄 메이크피스 새커리가 대부분의 소설을 연재물로 시작한 것처럼, 그 역시 그 길을 따라가겠다는 당찬 포부가 있었다. 두 선배 작가들처럼, 울프의 목적은 당대의 사회적, 도덕적(혹은 비도덕적), 문화적 분위기를 '기록'하는 것이었고, 그의 소설은 작품성으로나 상업성으로나 성공작임이 입증됐다.

《산에 올라 고하라Go Tell It on the Mountain》

제임스 볼드윈

줄거리

1930년대 뉴욕 할렘에서 성장한 10대와 그의 가족, 지역 교회와의 관계를 다룬 반자전적 소설.

책 속 인생 수업

종교는 개인의 힘, 공동체 의식의 원천이기도 하지만 억압이나 도덕적 위선을 야기하기도 한다.

글과 행동으로 현대 미국 사회를 비추며 용기와 통찰을 선물하는 작가 제임스 볼드윈의 소설 《산에 올라 고하라》는 막 눈뜨기 시작한 성의식과 의붓아버지와의 관계 때문에 괴로워하는 존 그림을 중심으로 펼쳐지는 이야기를 담고 있다. 이 작품은 주인공의 열네 번째 생일, 딱 하루 동안 일어난 일을 다루고 있지만, 회상을 통해 존의 의붓아버지 가브리엘과 어머니 엘리자베스 그리고 고모 플로렌스가 뉴욕 이주 전 미국 최남동부 지역에서 성장한 과정과 그들의 삶까지 구체적으로 서술한다.

볼드윈 소설의 중심 주제는 종교와 성경이다. 지역 교회에서 이따금 설교를 하며 사는 가브리엘은 두 아들을 엄격한 신앙 속에서 키운다. 소설에는 종교적 인용이나 암시가 자주 눈에 띄고(소설의 제목 역시 미국의 흑인들이 부르는 일종의 종교적인 성가 제목에서 따왔다), 존은 세례 요한, 가브리엘은 천사 가브리엘과 연관성을 보이듯, 등장인물들의 이름 역시 종교적이다.

소설의 2부는 회상의 형식을 띤 세 사람의 '기도'로 구성돼 있다. 이 기도들은 삶 속에서 종교와 신앙의 역할을 강조하던 주요 등장인물들의 본심과 동기들을 드러낸다. 소설의 마지막에서 존은 종교적 환각을 통해 자신의 죄를 씻고 신께 다시 전념하겠다는 마음이 살아남을 느낀다. 1953년에 출판된 《산에 올라 고하라》는 신앙의 긍정적인 면과 부정적인 면을 모두 탐구하는 작품이다.

《별것 아닌 것 같지만, 도움이 되는 A Small, Good Thing》

레이먼드 카버

줄거리

교통사고와 소통의 실패로 빚어진 아픔과 갈등을 다룬 비극. 그러나 결국 화해는 이루어진다.

책 속 인생 수업

슬픔의 분담과 용서의 힘은 '별 것 아닌 것 같지만' 아픔과 고통을 치유하는 데 '도움이 된다.'

이 단편소설은 미국 단편소설의 르네상스를 이끌었다는 평가를 받는 레이먼드 카버가 1983년 출간한 단편집 《대성당》에 실려 처음 발표됐다. 소설의 첫 장면은 미국 중산층 부부가 아들 스코티의 여덟 번째 생일 케이크를 무뚝뚝하고 퉁명스러운 동네 빵집 주인에게 주문하는 것으로 시작된다. 생일날 학교에 가던 스코티는 불행히도 교통사고를 당하고, 처음에는 단순

쇼크 상태인 줄 알았던 아이가 지연반응을 보이며 혼수상태에 빠진다. 그때부터 이야기는 아들이 깨어날 거라는 희망으로 아이 곁을 지키며 기도하는 부모의 고통스러운 심정을 중심으로 전개된다.

그 사이 스코티의 상황을 알지 못하는 빵집 주인은 만들어둔 케이크를 찾아가지 않은 부부에게 밤늦게 전화를 걸어 괴롭히기 시작한다.

《별것 아닌 것 같지만, 도움이 되는》은 복합적인 인간의 감정을 간단하고 건조한 문체로 쓴 전형적인 카버 스타일의 소설이다. 그의 단편들은 정직하고 무심한 태도로 평범한 인간사의 작고 별것 아닌 진실을 보여주는 것으로 유명하다. 카버답게, 아들이 회복되길 무력하게 기다리는 부부의 고뇌는 과장이 없고, 지나치게 감상적이지 않으면서도, 감정에 진하게 호소하는 아름다운 문체로 표현됐다. 그래도 결국 이 이야기는 희망과 화해의 순간으로 막을 내린다. 《별것 아닌 것 같지만, 도움이 되는》은 인간의 다양한 감정들을 슬픔에 관한 비극으로 농축시킨 걸작이다.

3장

억압과 갈등

3장의 제목은 어쩌면 표면적으로는 오해의 소지가 있을 수도 있겠다. 문학에서 '갈등'을 주요 주제나 이야기를 풀어가는 하나의 장치로 쓸 경우, 갈등의 양상은 서사 안에서 다양한 외피를 두를 수 있기 때문이다. 사실 세상에 존재하는 대부분의 이야기들은 어떤 형태로든 갈등을 다루기 마련이다. 본질적으로 갈등이란, 대립하는 두 세력 사이의 충돌과 긴장 상태라 정의할 수 있고, 내적인 것일 수도 외적인 것일 수도 있다. 내적 갈등은 대개 어떤 한 사람이 기회, 딜레마, 나쁜 선택 혹은 환경으로 인한 내면의 문제와 씨름하며 경험한다. 반면 외적 갈등은 한 사람이 외부의 세력과 투쟁하거나 어떤 상황에 내던져진 인물이 적대적인 힘이나 억압에 대항하는 방식으로 나타난다.

3장에서 소개할 소설들은 대부분 외적 갈등을 다루고 있다. 전쟁 또는 개인을 탄압하는 사회나 정치 제도(노예제도, 인종차별 정책, 전체주의)처럼 사람들의 자유를 심각하게 침해하는 상황들이 그에 해당한다. 몇몇 작품들은 저항 소설로 볼 수도 있고, 몇몇은 목소리를 갖지 못한, 혹은 발언권이 약했던 이들에게 목소리를 제공한 작품들로 볼 수 있다. 그리고 그중에는 언어로는 표현할 수 없을 것 같았던 것들을 표현하려고 한, 인류 역사의 중요한 기록으로 남은 문학 작품들도 있다.

《모든 것이 산산이 부서지다》

치누아 아체베

줄거리

나이지리아의 한 부족 마을에 사는 오콩코가 서구 식민 세력에 의해 파괴되는 부족의 문화와 풍습을 지키기 위해 벌이는 투쟁기.

책 속 인생 수업

공동체를 하나로 묶어주는 가치, 관습과 전통은 견고한 것 같아 보여도 현대화, 식민지 사상 같은 밀려드는 변화 앞에 속수무책으로 무너지기도 한다.

치누아 아체베가 불과 스물여덟의 젊은 나이에 발표한《모든 것이 산산이 부서지다》(1958)는 탈식민주의 문학의 대표작으로, 전 세계 45개국어로 출간되어 세계적 베스트셀러가 되었고 아프리카 전역에서 학교 교재로 읽히고 있다.

총 3부로 구성된 이 소설은, 19세기 이보 부족의 유명한 씨름 선수이자 전사인 오콩코의 삶과 운명을 따라간다. 1부는 3년에 걸쳐 이보 부족의 일상과 관습, 전통, 법률과 미신을 묘사한다. 오콩코는 힘과 영향력을 가진 인물로 부족민들의 존경을 한 몸에 받지만, 유약했던 아버지의 영향으로 자신의 '남성성'을 드러내고 남자로서의 명예를 회복하는 것에 지나치게 집착한다. 바로 이런 기질 때문에 그는 폭력성을 통제하지 못해 우발적으로 부족민을 죽이는 우를 범한다. 결국 오콩코는 죄를 씻고 신들의 노여움을 달래기 위해 7년간 부족에서 추방당한다.

2부와 3부에는 서구 제국주의 세력의 확장을 배경으로 오콩코의 추방과 귀향 과정이 그려진다. 마을에 도착한 선교사들은 부족민들에게 기독교를 전파하기 시작하고, 오콩코가 마을로 돌아왔을 땐 이미 종교뿐 아니라 무역 제도, 정규 교육까지 원주민들에게 시행되기 시작한 뒤다. 전통 관습과 서구화라는 새로운 세력 사이의 마찰은 문화와 도덕률의 충돌로 이어지고, 오콩코는 점점 더 존재의 무력감을 느끼며 이 모든 변화를 분노와 절망이 뒤섞인 감정으로 지켜본다. 오콩코는 공동체의 파괴를 더는 지켜만 볼 수 없어 백인들에 맞서 싸우기로 결심하지만, 어쩐지 부족민들은 선뜻 나서지 못한다.

이 작품의 배경은 영국이 아프리카 대륙을 침탈한 19세기다. 아체베는 소설 속에서 진보와 현대화라는 허울 좋은 가면을 뒤집어쓴 서구 식민주의에 의해 전통과 문화가 파괴되는 모습을 그린다. 영국 선교사들은 '원시적'인 이보 부족을 개도 하겠다는 우월의식을 가지고 아프리카 대륙에 도착하고, 이보의 종교나 관습을 이해하려는 노력은 하지 않는다. 아체베는 이보 부족 사회의 결점(폭력성과 미신 숭배)을 잘 알고 있지만, 한 사회의 문화적 정체성을 송두리째 뒤흔드는 행위는 그 사회 전체를 파괴하고 말살하는 행위가 될 수 있다는 것을 똑똑히 인식하고 있다.

혼란과 증오로 무너진 사회

책 제목 '모든 것이 산산이 부서지다Things Fall Apart'는 윌리엄 버틀러 예이츠의 시 '재림The Second Coming'에서 제목과 서두의 명구를 따왔다. 예이츠는 1차 세계대전의 여파로 그의 조국 아일랜드가 내전을 치르던 1919년, 전쟁의 한복판에서 이 시를 썼다. 이 시가 종말론적 분위기를 생생히 띠고 있는 것은 그 때문이다. 1918~19년, 전 세계에 퍼진 스페인 독감으로 예이츠가 아내를 잃을 뻔했던 일 역시 이 시와 무관할 수 없다. 당시 세계는 혼란과 증오로 가득 차 파멸의 길을 걷고 있었다.

돌고 돌아 더욱 넓은 동심원을 그려 나가

매는 주인의 말을 들을 수 없고,

모든 것이 산산이 부서지고, 중심은 힘을 잃어

그저 혼돈만이 세상에 풀어헤쳐진다.

—W.B. 예이츠 〈재림〉

《보이지 않는 인간》

랠프 엘리슨

줄거리

대학 교육까지 받은 미국 흑인 청년의 고난과 시련에 관한 이야기. 연이은 불운을 겪던 그는 결국 인종차별에 저항하는 투쟁에 휘말리고, 이내 자신의 정체성이 서서히 무너지고 있으며, 사회로부터 소외되어 보이지 않는 인간이 되었음을 느낀다.

책 속 인생 수업

억압적이고 분열된 사회는 개인의 정체성을 벗겨냄으로써 한 존재의 성장과 발전 기회를 빼앗는다.

1952년에 출판된 랠프 엘리슨의 《보이지 않는 인간》은 20세기 아프리카계 미국 문학의 분수령 역할을 했다. 이 소설은 실제로 그리고 은유적으로도 지하에 살고 있는 이름 없는('보이지 않는') 화자가 '기억'을 끄집어내어 이야기하는 형식을 취한다.

화자의 자신에 대한 초창기 기억은, 순진할진 모르지만 똑똑하고 야심만만한 남부의 흑인 청년의 모습이다. 그는 백인이 지배하는 세상에서 좀 더 잘 살아보려고 열심히 노력한다. 그러나 거듭된 불행과 이중적이고 적대적인 사회에 좌절한 그는, 사회가 자신을 받아들이지 않는다는 것을 인식하고 흑인 저항 운동 단체인 형제단Brotherhood에 입단한다.

이 소설의 핵심 주제는 '나는 누구인가'라는 정체성으로, 특히 화자가 스스로 인식하는 자아와 타인의 눈에 보이는 자아 사이의 갈등과 긴장을 다룬다.

소설에서 사람들은 몇 차례나 화자를 다른 사람으로 착각한다. 결말에 이르러서, 흑인과 백인 공동체에서 모두 거부당한 화자는 완전히 혼자가 되는데, 그때 비로소 '보이지 않는 인간'으로서의 정체성을 받아들이고 사회로 돌아갈 준비가 되었음을 느낀다.

이 작품은 20세기 아프리카계 미국 문학을 대표하는 주요 목록에 빠지지 않고 늘 언급됐지만, 엘리슨은 이 소설의 실험적인 요소들을 지목하며 《보이지 않는 인간》이 저항 소설이 아님을 분명히 밝혔다. 어니스트 헤밍웨이와 윌리엄 포크너를 열렬히 숭배했던 엘리슨은 자신의 작품이 어떤 특정 범주 안에 갇히기보다는 미국 소설이라는 더 폭넓은 범위 안에서 인식되길 바랐기 때문이다.

실제로 이 소설은 주로 뉴욕의 할렘을 배경으로 하지만,

남부 고딕풍의 비유적 요소가 뚜렷하고, 당시 흑인 문학에선 흔하지 않았던 희비극적 순간들과 몽환적인 초현실주의, 문체상의 기교 장치들도 담겨 있다. 그래서 윌리엄 포크너는 엘리슨을 '흑인이라는 인종적 범주에서 벗어나 뛰어난 작가적 역량을 보여준 인물'로 평했다.

> 나는 평생 동안 무언가를 찾아 헤맸다. 그리고 어딜 가나 누군가는 내게 그것이 무엇인지를 가르쳐주려 했었다. 나는 보통 그들의 해답을 받아들였다. 비록 그 해답들이 서로 상반되고 심지어 자체적인 모순을 안고 있는 경우도 많았지만 말이다. 나는 순진했다. 나는 나 자신을 찾고 있었던 것이며, 결국 나 자신만이 대답할 수 있는 문제를 남들에게 묻고 다녔다. 나는 나 자신일 뿐 그 누구도 아니다.

사망한 뒤에야 출간된 2000쪽짜리 소설

엘리슨은 《보이지 않는 인간》으로 문학적, 상업적 성공을 모두 거머쥐었다. 이 작품은 1953년 '내셔널 북 어워드'를 수상하며 엘리슨에게 '최초의 흑인 작가 수상자'라는 명예를 안겼다. 그러나 엘리슨은 상을 수상하는 순간에도 이 소설에 마음에 들지 않는 곳이 있음을 고백했을 정도로 완벽주의자였다.

《보이지 않는 인간》을 완성하는 데 5년이 걸렸던 엘리슨은 후속작을 쓰는 데 오랜 시간 어려움을 겪었다. 40여 년에 걸쳐 '준틴스Juneteenth(흑인 노예제가 끝났음을 기념하는 연방 공휴일—옮긴이)'라는 가제로 무려 2000쪽이 넘는 분량의 소설을 썼지만 끝내 완성하지 못했다. 엘리슨의 집착에 가까운 완벽주의 때문이었거나 그가 만성적인 절필감에 시달렸기 때문이었을 것으로 보인다. 그 소설의 축약본은 그가 사망한 뒤에야 출판됐다.

《제5도살장》

커트 보니것

줄거리

어린 시절, 2차 세계대전 그리고 외상 후 스트레스 장애에 시달리는 전후의 삶까지, 빌리 필그림이라는 인물의 시간을 넘나드는 모험을 다룬 독특한 반전 소설.

책 속 인생 수업

전쟁이 불러온 공포와 비극은 인간의 자유의지와 그 철학적, 도덕적 영향력을 완전히 무력화한다.

커트 보니것은 미국 포스트모더니즘 문학을 이끌고 1960년대 반전 운동과 반문화의 흐름을 대표한 작가다. 200쪽이 될까 말까 한 분량의 《제5도살장》(1969)은 보니것만큼이나 다양한 얼굴을 가진 책이다. 공상과학 소설, 반자전적 회고록, 블랙 유머가 담긴 풍자 문학, 삶의 의미를 고찰하는 철학 논문 그리고 반전 소설.

이 소설의 배경은 1945년 2월 연합군이 독일의 드레스덴을 폭격한 역사적 사건이다. 당시 드레스덴의 전쟁 포로였던 커트 보니것은 추산 2만 5000명의 인명이 희생된 참극을 직접 목격했다. 희생자 대부분은 민간인이었다.

소설을 여는 말은, "이 모든 일은 실제로 일어났다. 대체로는"으로, 이 모호함은 소설이 전형적인 회고록이 아니라는 암시다. 신뢰할 수 없는 화자는 사건을 이리저리 넘나들며, 자신의 글에 대해 이렇게 말한다. "이 글은 짧고 뒤죽박죽하다. 왜냐하면 대학살에 대해 지성적으로 보탤 수 있는 말이 아무것도 없기 때문이다."

여러 해 동안 드레스덴 폭격에 대해 써보려고 시도했지만 성공하지 못한 보니것은, 전쟁에 대한 자신의 기억을 전달할 대리인으로 '빌리 필그림'이라는 인물을 내세웠다. 빌리는 '시간에서 해방된' 인물로 시간과 시간 사이를 떠돌며 여행한다. 그는 외계인 종족인 트랄파마도어인의 철학을 포용한 덕에 시간을 앞뒤로 자유롭게 넘나들 수 있는 능력을 갖게 됐다.

트랄파마도어인의 시간은 일직선으로 흐르지 않는다. 과거, 현재, 미래는 존재하지 않고 동시성을 지닌 온전한 하나로, 그들이 있는 곳에 그저 있을 뿐이다. 빌리의 시간 여행 덕에 소설의 플롯은 전조와 회상을 통해 순행했다 역행했다 한다. 이 비순차적인 구조 덕에, 보니것은 자신과 빌리가 폭격이 벌어지는 동안 잡혀 있던 도살장에서 돌아왔을 때 그들이 목격한 공포를 묘사할 수 있다. 빌리의 시간 여행은 주인공(그리고 더 나아가 보니것 자신까지도)이 시달리고 있는 외상 후 스트레스 장애에 대한 은유라고 말하는 비평가도 있다.

《제5도살장》은 여러 겹의 층위를 보여주는 특별한 소설이다. 가볍고 코믹한 분위기였다가 분노와 암울함의 정서를 드러냈다가 하는 식이다. 이 소설을 완독하는 것은 어리둥절한 비애감을 깊이 느끼는 일이다. 무력하고 죄 없는 빌리 필그림이, 그리고 소설에 빈번하게 반복되는 "뭐 그런 거지"라는 대사가 그것을 입증하고 있다(이 대사는 60년대 반문화를 제창한 청년들에게 하나의 슬로건으로 자리 잡았다).

소설의 도입부에서 보니것은 영화 제작자와 반전 소설에 대해 논의하던 일을 이야기한다. 영화 제작자는 차라리 '반-빙하' 소설을 쓰는 편이 낫다고 말을 자른다. 궁극적으로는 보니것도 이런 책을 써서 전쟁을 막을 가능성은 빙하를 멈추게 하는 것만큼이나 희박하다는 것을 알고 있었던 것이다. 그러나 아무리 현실이 그렇다고 해서 인간이 전쟁으로 겪는 참상과 공포를 성찰하고, 무언가를 배울 기회마저 버릴 수는 없지 않은가.

《이것이 인간인가》

프리모 레비

줄거리

폴란드 아우슈비츠 수용소에 수감되었던 유대계 이탈리아 전쟁 포로의 회고록.

책 속 인생 수업

인간의 본성을 제대로 이해하기 위해서는 우리의 인간성 안에 숨은 비인간적인 면면을 목격해야 한다.

프리모 레비는 2차 세계대전 동안 이탈리아 파시즘 저항 단체의 일원으로 활동하다 파시스트 민병대에 체포되어 아우슈비츠로 이송됐다. 레비는 강제수용소 이송 소식을 듣고는 도리어 일종의 안도감을 느꼈는데, 그때의 아이러니를 소름 끼치는 순간으로 회고한다. 자신이 즉각 처형될 운명이 아니라 '하느님의 땅, 어딘가'로 가고 있는 느낌이 들었다는 것이다.

1947년 출간된 《이것이 인간인가》는 작가가 수용소에서 하루하루를 보내며 직접 체험한 것을 소설 형식으로 엮은 증언 문학의 대표작이다. 프리모 레비는 감정에 치우치지 않는 정교한 묘사로 수용소의 상황 그리고 수용소 포로들이 감내해야 했던 일상적인 굴욕과 인간성 말살의 과정을 사실적으로 그려나간다.

독자들이 가장 견디기 어렵고 동시에 가장 깊은 슬픔을 느끼는 대목은, 수용소의 공포를 설명하는 작가의 차분하고 논리적인 태도다. 작가의 지적대로 가시철조망을 두른 수용소 안에서는 선과 악, 박해와 정의는 그 개념 자체가 무의미해진다.

레비는 '익사한 자'와 '구원된 자'라는 은유적 대조를 사용한다. '익사한 자'란 질병, 무작위 처형 혹은 가스실행 등에 의해 모든 의미의 인간성을 박탈당하고 급속도로 '밑바닥'까지 떨어져 소멸한 사람들이다. 반면 '구원된 자'는 생존한 사람들을 가리키는데 이들이 생존한 이유는 강한 의지 때문이 아니라 교묘한 조종, 의절, 배신이나 절도 등을 통해 아주 근소한 차이의 유리한 입지(여분의 음식이나 더 따뜻한 옷 등)를 차지한 덕분이다. 레비는 생존이라는 절박한 문제가 걸린 수용소 안에서 도덕과 윤리가 어떻게 뒤집어지는지 기록하고 있다.

참혹한 주제에도 불구하고 《이것이 인간인가》는 완전히 우울하기만 한 소설은 아니다. 수용소 포로들이 인간성의 마지막 흔적을 지키려고 안간힘을 쓰는 동안 희망과 낙관론을 발견하게 되는 순간들도 있다. 레비는 단테의 시구 몇 줄을 떠올렸다가 좀 더 기억해내기 위해 자신의 지친 뇌를 괴롭힌다. 그리고 예술과 문화가 인간의 삶을 근본적으로 풍요롭게 한다는 것을, 그 시를 기억하고 있다는 사실이 자신이 아직은 인간임을 증명할 수 있음을 철학적으로 사색한다. 나치는 그것을 자신으로부터 절대 빼앗아갈 수 없음을 지적하며, 그는 이렇게 덧붙인다. 끝없는 굶주림에도 불구하고 "내가 잊어버린 시구를 위해서라면 기꺼이 오늘의 수프를 포기할 수 있다"고.

《거장과 마르가리타》

미하일 불가코프

줄거리

국가가 나서서 종교를 탄압하는 1930년대 모스크바에 흑마술사로 변장한 악마와 그의 수행단이 찾아와 사회에 대혼란을 일으킨다.

책 속 인생 수업

선과 악은 애매모호한 개념이다. 둘 중 어느 것도 다른 하나 없이는 존재할 수 없다.

이 소설은 장르를 정의하는 것 자체가 불가능하긴 하지만, 그래도 가장 가까운 장르는 아마도 마술적 사실주의라 할 수 있겠다. 이야기의 핵심은 다음과 같은 신학적 질문이다. '종교가 금지된 사회에 갑자기 악마가 가장 눈에 잘 띄는 모습으로 나타난다면 무슨 일이 벌어질까?' 이 장치를 통해 불가코프는 선과 악, 구제와 구원, 예술의 진위와 검열, 사랑이 가진 구원이라는 힘 등의 다양한 주제를 소설 속에 엮어 넣었다.

스탈린의 숙청 작업이 절정에 달했던 시기에 쓰인 《거장과 마르가리타》는 소련 연방의 잔혹성과 부패에 대한 풍자이기도 하다. 본인이 국가 검열의 희생자였던 불가코프는 이런 상황에서는 작가로 일할 수 없으니 소련을 떠나게 해달라고 스탈린에게 직접 요청하기도 했다.

소설은 두 개의 배경을 넘나든다. 하나는 불가코프가 글을 쓰던 시기인 1930년대 모스크바, 다른 하나는 나자렛 예수를 체포하고 심판했던 본디오 빌라도가 통치하던 예루살렘이다. 예루살렘을 배경으로 한 부분(이 부분은 감금된 작가인 거장 Master이 쓴 소설의 일부임이 나중에 밝혀진다)에서 불가코프는 기독교 신학에 대해 논하고, 이는 모스크바를 배경으로 한 부분과 대조를 이룬다. 흑마술사로 가장한 볼란드라는 악마가 모스크바에 등장해서 탐욕, 물질만능주의 그리고 소련에 만연한 관료주의와 부패를 폭로하기 시작하며 대혼란이 일어나기 때문이다.

이 소설은 독자들의 눈에 살인으로 보이는 사건을 도입부에 배치함으로써 선과 악의 경계가 모호하다는 것을 솜씨 있게 강조하고 있다. 살인은 볼란드가 저지른 것이 아니었고—그는 살인이 행해질 것이라는 것만 알았을 뿐—그 죽음은 일련의 기이한 우연과 선택의 결과물이었다. 마찬가지로, 다양한 인물들에게 닥친 불행 역시 추상적인 '악'의 작용이라기보다는 그들이 저지른 죄와 악행 그리고 각자의 선택으로 자초한 것이었다.

아찔할 정도로 뛰어난 희극 우화인 이 소설은 소련에서 오랜 세월 출판을 금지당했으나 지하에서 독자를 늘려나가다가 1967년에야 원문의 12퍼센트가 삭제된 판본이 마침내 출판됐다. 불가코프가 세상을 떠난 지 30여 년 만이었다. 작품 전문이 정식 출간된 것은 1973년으로, 출간 이후 '20세기 최고의 러시아 소설'이라는 영예를 얻었다.

《빌러비드》

토니 모리슨

줄거리

노예로 살았던 어두운 과거와 가족의 비극에 시달리는, 망가진 아프리카계 미국인 가정의 이야기.

책 속 인생 수업

더 나은 미래로 나아가기 위해선, 먼저 충격적인 과거의 공포를 똑바로 인식하고 받아들여야 한다.

흑인 여성 작가 최초로 노벨문학상을 받은 미국 문학의 대모 토니 모리슨이 1987년 출간한 《빌러비드》는 미국 소설에 주어지는 거의 모든 명예를 얻으며 사회적으로 큰 반향을 일으켰다. 이 책의 핵심 주제는 '노예 제도가 어떻게 개인과 공동체의 인간성을 말살했고, 미국 역사에 얼마나 끔찍한 얼룩을 남겼는가'이다.

주인공 세서는 노예 출신으로 정신적 외상을 입은 인물이다. 강간과 학대를 당한 세서는 아이들을 데리고 탈출하지만 추격을 당하고 다시 붙잡혀 노예로 돌아가야 하는 상황에 직면한다. 아이들의 '자유'를 지켜야 한다고 생각한 그녀는 아이들을 살해하기로 결심하지만(그리고 본인도 자살을 할 생각이었을 것), 막내딸만 겨우 자기 손으로 저세상으로 보낼 수 있었다. 그로부터 한참의 세월이 흐른 뒤, 세서가 딸 하나와 반려자와 살아가던 집에 아기의 혼령이 출몰하기 시작한다. 그 일로 세서의 두 아들은 가족을 버리고 멀리 떠나버린다.

어느 날 외출했다가 돌아오던 세서 가족은 '빌러비드'라는 이름의 흑인 처녀를 발견한다. 빌러비드beloved(사랑 받은 자—옮긴이)는 세서가 자기 손으로 죽인 딸의 묘비에 새겨 넣은 유일한 단어로, 정체 모를 처녀의 몸에 죽은 딸의 영혼이 들어가 있음을 암시하고 있었다.

《빌러비드》는 어둡고 끔찍한 내용을 다룬 소설이지만, 노예제의 공포를 고발하는 참혹한 이야기와 구원을 향한 고통스러운 여정을 전달하기 위해 마술적 사실주의, 초자연적 현상, 고딕 소설의 요소들이 고루 쓰였다. 이 소설은 딸이 다시 노예가 되지 않도록 자기 손으로 딸을 죽인 탈출 노예 마가렛 가너의 실화를 바탕으로 했다. 영아 살해는 노예제의 비인간성과 절망을 상징하는 사건이었지만, 빌러비드의 출현으로 주요 인물들은 비로소 그들의 상처를 밖으로 꺼내어 말하고, 마침내 현재를 살아갈 수 있게 되었다.

《뻐꾸기 둥지 위로 날아간 새》

케 키지

줄거리

정신 병원을 배경으로 가짜 환자 행세를 하는 주인공 랜들 맥머피가 병동을 강압적으로 통제하는 폭군 랫치드 수간호사의 체제에 반기를 들기 시작한다.

책 속 인생 수업

남들과 다르거나 관습에 순응하지 않는 태도에 낙인을 찍고, 개성과 자유를 억압하고 탄압하는 행위는 우리 사회에 흔하디흔한 일이다.

1962년에 발표된 이 소설은 캘리포니아의 정신 병원에서 야간 잡역부로 일한 켄 키지의 경험을 토대로 쓰였다. 떠돌이 사기꾼인 랜들 맥머피는 노동형을 선고받고 작업 농장의 노동을 피하기 위해 정신병 환자 행세를 한다. 병원에서는 자신을 좀 더 관대하게 다루어줄 거란 계산이었다. 그러나 맥머피가 이

송된 병원은 실질적으로 랫치드라는 고압적인 간호사의 손에 운영되고 있었다. 랫치드는 정신적 학대, 약물, 전기 충격 요법 그리고 교묘한 분할 지배divide and rule를 통해 환자들을 통제하고 감시했다. 그녀의 이런 행위는 귀머거리 겸 벙어리 행세를 하는 1인칭 서술자 브롬든이 '콤바인Combine'(개성을 말살하고, 순응과 수동성을 장려하기 위한 사회의 총체적인 온갖 수단)이라고 칭한 더 넓은 의미의 억압 체제의 한 부분으로 묘사된다.

맥머피는 정신 병원에 들어온 순간부터 랫치드 간호사와 힘겨루기를 시작한다. 처음에는 단순히 내기에서 이기기 위해서, 그리고 그의 타고난 장난치기 좋아하는 성향 때문이었다. 그러다가 이 병원은 징역형처럼 입원 기간이 정해져 있는 것이 아니라, 정신 질환이 완전히 치료됐다는 랫치드 간호사의 결정이 있어야만 퇴원할 수 있다는 사실을 알게 된다. 그때부터 맥머피는 딜레마에 빠진다. 자유를 얻기 위해 순응하는 척 연기해야 할 것인가, 아니면 반항의 선두주자로서 자신의 행위에 고무된 동료 환자들의 '해방'을 돕기 위해 자신을 희생해야 할 것인가?

《뻐꾸기 둥지 위로 날아간 새》는 억압과 강요된 삶에서 벗어나 새로운 가치를 추구하려는 인물들을 그려냄으로써 기존 사회의 권위와 통념에 저항하는 1960년대 반문화 운동에 불을 지핀 역작으로, 출간되자마자 폭발적 반응을 얻었다. 그 인기에 힘입어 연극과 영화 등 다양한 매체로도 각색되었다.

《마이클 K의 삶과 시대》

J.M. 쿳시

줄거리

내전의 한가운데, 내성적이고 어눌한 유색인 정원사가 병든 노모를 모시고 어머니의 고향으로 떠나며 겪는 험난한 여정.

책 속 인생 수업

삶은 우리에게 종종 이해하기도 통제하기도 어려운, 복잡한 외부적 압박을 가한다. 그러니 작은 행복들을 소중하게 여기고, 평정심을 유지하며, 자연의 이치를 따라 살아갈 것.

노벨문학상을 수상하며 남아프리카공화국을 대표하는 거장의 반열에 오른 J. M. 쿳시는 1983년 《마이클 K의 삶과 시대》를 출간하면서 세계적 명성을 얻는다. 이 소설의 주인공은 입술 기형이 있는 유색인 정원사 마이클 K다. 그는 정원사 일자리에서 해고당한 뒤 죽음을 앞둔 어머니를 수레에 태우고 길을 나선다. 고향으로 모시고 가기 위해서다. 뜻밖에 도중에 어머니가 세상을 떠나는 불운이 닥치지만, 그는 어머니의 유골이라도 고향 땅에 묻기 위해 여정을 지속하기로 한다. 그러나 마이클 K는 곧 피비린내 나는 내전에 휘말려 포로로 잡히기도 하고 강제 노역에 동원되는 등 여러 가지 고초를 겪으며, 고단한 여정을 이어간다.

마이클 K는 태생적 한계 때문에 사회로부터 소외된 자이나, 그가 삶을 이어가는 동기는 아주 단순한 것이다. 자연과 더불어 흙을 만지며 조용히 존엄성을 지키며 사는 것. J. M. 쿳시는 마이클이 겪는 다양한 시련을 통해 개인의 책임과 자신이 선택한 삶을 살 자유에 대해 탐구한다.

이 소설을 프란츠 카프카의 《심판》과 그 주인공 조셉 K와 비교하는 비평가들도 있다. 두 소설 모두 부패한 관료주의 세계, 즉 억압적인 사회와 반목하고 그로부터 고립된 주인공을 다루고 있기 때문이다. 마이클 K와 그의 어머니는 여행 허가증이 없으면 여행을 떠날 수 없지만, 아무리 기다려도 나오지 않는 이 허가증은 다시 신청할 방법도 없다. 카프카적인 부조리의 전형이다.

마침내, 마이클 K는 자신의 삶의 목적은 정원사가 되는 것이고, 흙을 만질 때 가장 만족스럽고 가장 자기다울 수 있다는 결론에 도달한다. 그리고 그 결론은 자신의 이런 신념과도 일치함을 깨닫는다. '사람은 자신이 살아온 흔적을 전혀 남기지 않는 삶을 살아야만 한다.'

《양철북》

귄터 그라스

줄거리

2차 세계대전 당시 나치주의가 부상한 독일을 배경으로 성장을 거부하는 서른 살 난쟁이 오스카의 삶을 통해 전체주의의 사악함을 폭로한다.

책 속 인생 수업

전쟁에서 살아남는다는 건 용기보다는 우연한 행운이나 상황에 달려 있을 때가 많다.

"인정한다. 나는 정신 병원에 수용된 환자다. 나의 간호사는 거의 한눈도 팔지 않고 문짝의 감시 구멍으로 나를 지켜본다. 하지만 간호사의 눈은 갈색이기 때문에 푸른 눈의 나를 들여다볼 수는 없다." 《양철북》의 첫 문단은 이렇게 시작된다. 화자인 오스카 마체라트는 앞으로 자신이 얘기할 600쪽에 달하는 모든 내용을 있는 그대로 받아들여서는 안 될 거라고, 처음부터 독자들에게 넌지시 암시하고 있다.

이 작품은 여러 편의 에피소드를 묶은 소설로 각각의 장은 섬뜩한 단편 같다. 지루하고 평범해 보이는 작은 사건들에도 실제로는 상당한 사악함이 숨어 있다. 귄터 그라스는 판타지, 초자연적 현상, 잔혹 동화적 요소와 블랙 유머를 실제 역사적 사건의 사실 묘사와 함께 엮어냈다. 1959년 발표한 이 작품으로 그는 독일의 권위적인 문학상을 모두 휩쓸며 화제를 모았고, 1999년 마침내 노벨문학상을 받았다.

나치주의가 서서히 퍼져나가던 독일을 배경으로, 평범한 사람들이 집단 광기에 어떻게 휘말리고 압도당하는지 능수능란하게 그려낸 이 소설은, 독일이 제3제국(히틀러가 통치하던 독일—옮긴이)이 되며 도덕적 공백 상태로 전락하는 과정의 씁쓸한 아이러니를 보여준다. 이 아이러니는 종종 부수적인 묘사나 트럼펫 연주자 마인 안에 위장되어 있다. '형용할 수 없이 아름답게 트럼펫을 연주하는' 행복한 주정뱅이 마인은 SA(나치 돌격대)에 가담했다가 어느 날 갑자기 분노로 폭발하며 사랑하던 고양이 네 마리를 죽인다. 마인의 이웃이 이 사실을 조직 간부에게 보고하자, 간부는 마인을 '나치가 되기 부적절한 행위'를 했다며 SA에서 쫓아낸다(유대교 회당을 불태우고 유대인에게 폭력을 휘두르는 일은 허용된다).

《양철북》은 죄책감과 공동의 책임이라는 개념을 기술한, 윤리적으로 상당히 깊이 있는 소설이다. 이 소설이 발표된 1959년은 독일이 전후 시대에 적응하기 위해 안간힘을 쓰던 시기로, 이 작품은 오래도록 기억에 남을 순간들을 여럿 담고 있다. 더 나아가 역사의 참상들로부터 상상의 나래를 마음껏 펼친 환상적인 예술 작품이기도 하다.

《시녀 이야기》

마거릿 애트우드

줄거리

여성을 자궁을 가진 도구로만 인식하며 여성의 생식 능력을 엄격하게 통제하는 디스토피아 국가의 가부장적 권력을 파헤친다.

책 속 인생 수업

여성의 몸을 통제하려는 욕망은 한 인간의 기본적인 자유를 심각하게 부정하는 것이다.

마거릿 애트우드를 일약 베스트셀러 작가로 급부상시킨 소설 《시녀 이야기》(1985)는 전체주의 신권 국가에서 여성이 잔혹하게 지배당하는 미국의 디스토피아적 미래를 그렸다.

21세기 중반, 환경 오염과 세계 전쟁으로 출생률이 급감하자 미국은 극심한 혼란을 겪는다. 이때를 틈타 성경을 근본으로 한 전체주의 국가 '길리아드'가 등장한다. 길리아드 공화국에 사는 오브프레드는 이제 몇 명 남지 않은, 생식 능력을 가진 '시녀' 중 하나다. 시녀의 역할은 대리모가 되어 지배 세력인 '사령관들'의 아이를 낳는 것이다. 오브프레드는 어느 날 이름과 가족을 뺏긴 채 삼엄한 감시 속에서 아이를 수태하도록 강요받는다.

길리아드 공화국의 지배 권력은 대중, 특히 여성을 통제하고 억압하기 위해 종교적 광신주의를 이용해 새로운 질서를 강제한다. 여성으로 태어난 오브프레드는 사유재산을 가질 수 없다. 즉, 기본권을 완전히 박탈당한 상태다. 이 국가에서 태어난 어린 여성들은 읽고 쓰는 법조차 배울 수 없다. 오브프레드의 이야기는 현재 일어나는 사건들과 '혁명' 이전의 삶에 대한 회상이 교차되며 기술된다.

마거릿 애트우드는 이 소설에서 정교한 세부 묘사(예를 들면 계급의 차이에 따라 달라지는 제복의 색깔), 그리고 기이한 문화적 특징을('주께 감사드립시다!'와 같은 유행하는 구호) 강조하며 정치 권력을 위해 종교를 무기로 삼은 사회의 섬뜩한 폭력성을 생생하게 그려낸다.

소설이 전개되며 점점 더 드러나는 길리아드 공화국의 어두운 이면은 매력적인 스릴러물이 갖는 탄탄한 플롯과 결합하여 성, 정체성, 종교와 권력, 공포라는 주제를 탐구한다.

"사변 소설이라 불러주세요"

많은 비평가들이 《시녀 이야기》를 '페미니스트 1984'라 칭했고, 애트우드 자신도 자신의 소설이 조지 오웰과 올더스 헉슬리의 《멋진 신세계》에 빚을 지고 있음을 인정했다. 그러나 애트우드는 자신의 소설(그리고 그 속편인 《증언들》)이 공상과학 소설의 범주로 분류되는 것을 달가워하지 않았다. 그녀는 자신의 소설이 '사변 소설'로 불리기를 원했다. 공상과학 소설은 미래에 있을 법한 일을 예측하지만, 사변 소설은 지금 잘 알려진, 그리고 현실에 충분히 있을 법한 일을 묘사하기 때문이다.

1980년대 미국의 극우 기독교 근본주의가 부상하는 것을 목격한 애트우드는 여성의 권리에 닥칠 위험을 걱정하며 이 소설을 썼다. 여성의 몸을 통제 수단으로 삼는 가부장적 권력은 예나 지금이나 이 세계에 실존하므로, 애트우드의 우려는 결코 근거 없는 공상이 아니다.

《어둠의 심연》

조지프 콘래드

줄거리

전설의 상아 무역상 '커츠'라는 인물을 찾아 콩고강을 거슬러 올라간 증기선 선장 찰리 말로가 아프리카 정글에서 목격한 진실에 대한 이야기.

책 속 인생 수업

탐욕에 젖은 제국주의는 문명의 또 다른 이름이 아니라 도덕적 가치가 몰락한, 어둠의 심연 그 자체다.

제국주의의 광기와 인간성의 어둠을 파헤친 조지프 콘래드의 대표작 《어둠의 심연》(1899/1902)은 '커츠'라는 수수께끼 속 인물을 찾아 나선 말로의 여정을 그린 이야기다. 말로는, 상아 무역으로 큰 성공을 거두고 명성을 얻은 커츠라는 인물에게 매력을 느끼지만, 점차 그 명성과는 상충되는 루머와 그의 '병'에 대한 이야기를 듣게 된다. 마침내 두 사람이 만났을 때 말로가 보게 된 커츠는, 외딴 마을 원주민들을 노예로 삼아 잔혹하게 지배하고 있는 폭군의 모습이었다.

콘래드는 이 소설에서 문명화된 사회로 인식되는 유럽과 어둡고 야만적인 아프리카 대륙 사이의 극명한 대조를 그려냈다. 그러나 콘래드가 전하고픈 메시지는 인종과 배경을 떠나 누구든 야만의 상태로 타락할 수 있다는 것이다.

아프리카 정글에 도착한 백인 식민주의자들은 기존 사회의 일반적인 구속력이나 규율로부터 완전히 분리되면서, 도덕적 기준이나 가치 판단을 잃어버리고 권력과 이익을 취하기 위해 야만성을 드러낸다. 말로는 이렇게 한탄한다. "지구를 정복한다는 것은, 대체로 우리와 피부색이 다르거나 코가 살짝 낮은 사람들을 약탈하는 것인데, 잘 들여다보면 결코 아름답지 않은 행위다."

《어둠의 심연》은 '원주민'에게 문명을 전한다는 유럽의 이상과, 아프리카인들을 고문 및 착취하고 인간성을 말살하는 현실 사이의 괴리를 보여준다. 부와 권력을 향한 욕망은 인간을 사악함이라는 암흑 속으로 떨어뜨릴 뿐이다.

《캐치-22》

조지프 헬러

줄거리

미 공군 폭격수와 전우들이 위험한 비행 임무를 피하려는 절박한 시도를 통해 전쟁의 부조리를 이야기하는 블랙 코미디 소설.

책 속 인생 수업

정신 이상이란 이 미친 세상에 대한 정상적인 반응에 지나지 않다.

미국 포스트모더니즘 문학의 대표작이자 반전 소설의 걸작인 조지프 헬러의 《캐치-22》(1961)는 2차 세계대전 당시 이탈리아 해안의 어느 섬에 주둔하던 미국 공군 중대의 이야기다.

주인공 요사리안은 임무 수행을 하면 할수록 전사할 확률이 올라간다는 계산을 뽑게 된다. 심지어 무사히 제대를 하기 위해 요구되는 최대 비행 횟수를 채웠는데도, 중대 지휘관은 계속 제멋대로 기준을 올려버린다.

절망에 빠진 요사리안은 중대 군의관에게 정신 이상을 이유로 제대를 시켜달라고 애원하지만, 오히려 순환논법에 의해 곤란한 상황에 갇히고 만다. 공군은 정신 이상 증세가 있을 경우 비행을 면제받을 수 있으나, 오직 제정신이 아닌 사람만 폭격 임무를 수행하고자 할 것이기 때문에, 정신 이상을 이유로 비행에서 제외시켜달라는 요구는 그가 곧 제정신이라는 의미라는 것이다. 따라서 그가 폭격 임무를 수행할 수 있는 온전한 정신 상태임이 입증됐다는 것이다. 이것이 바로 소설의 제목이기도 한 '캐치-22' 조항이다.

요사리안은 고의로 비행기를 계속 바다로 추락시키는 그의 친구 오르를 얘기하며 이 조항을 설명한다. "오르는 비행 임무를 계속하는 건 미친 짓이므로 그만두는 게 정상이라고 생각하지. 하지만 제정신인 이상 비행을 해야 하는 거야. 만약 비행을 하면 제정신이 아니기 때문에 그만해도 되지만, 그만하고 싶으면 제정신이기 때문에 비행을 해야 하는 거지."

이런 순환 논리와 자기모순적인 추론의 희극적 효과가 이 소설 전체를 관통하는 장치다. '캐치-22'라는 조항은 관료주의적 불합리의 극치다. 터무니없는 행위를 정당화하기 위해 여러 사람이 들먹이는 규칙 말이다.

군법회의에 회부된 어떤 인물은 자신을 기소한 사람이 바로 자신의 변호 의무를 가진 사람이라는 사실을 알게 된다. 극단적인 자본주의자 마일로 마인더바인더라는 인물은 독일이

미군 기지를 폭격할 수 있도록 금전적 계약을 맺기까지 한다. 어차피 폭격은 일어날 수밖에 없는 일이므로, 기왕이면 자신이 저질러 그냥 돈이나 실컷 벌자는 계산이다.

이 소설의 이야기와 인물, 사건은 시간순으로 서술되지 않고 관점도 종종 바뀌며, 반복과 대조의 기법도 자주 사용된다. 작가는 이런 기법을 통해 전쟁의 광기와 군 관료주의의 악랄한 부조리를 제대로 들여다볼 수 있는 큰 그림을 그려냈다.

《아름다운 사람들은 아직 태어나지 않았다 The Beautiful Ones Are Not Yet Born》

아이 크웨이 아르마

줄거리

식민지 독립 후 부패하고 타락한 가나의 상황과 자신의 원칙 사이에서 사투를 벌이는 한 남자의 이야기.

책 속 인생 수업

경제적, 물질적 압박에 직면해서도 도덕성과 정직함을 지키는 것이 중요하다. 그 두 가지야말로 문명사회를 떠받치는 가치다.

1968년 가나의 작가 아이 크웨이 아르마의 첫 데뷔작인 이 소설은, 1960년대 중반 영국의 식민지로부터 독립한 가나에서 초대 대통령을 지낸 콰메 은크루마가 쿠데타로 축출되기 직전 몇 달간을 배경으로 한다.

'그 남자the man'로만 불리는 주인공은 철도 노동자로, 탐욕과 부패로 얼룩진 사회에서 자신의 양심과 책임감 그리고 잃어버린 신뢰 때문에 고뇌한다. 소설 초반에 '그 남자'는 근무지에서 뇌물을 거절했다가 가족에 대한 책임감보다 자신의 원칙을 더 우선시한다고 아내로부터 원망만 듣는다. 그러던 어느 날, 은크루마의 부패 정권의 각료가 된 동창 쿰손을 만나 저녁 식사를 하던 그는, 낚시 배와 관련된 수상쩍은 돈벌이 계획에 가담하지 않겠냐는 제안을 받는다.

쿰손은 현대의 사치품들을 향유하고 살면서, 그 남자의 화장실을 쓰지 않겠다고 거부하는 것으로 그 남자를 모욕한다. 그 남자는 부유하게 사는 친구와 가족을 부양하는 일에 허덕거리는 자신이 극명하게 대조되는 것을 느끼며 죄책감과 수치심으로 괴로워한다.

아이 크웨이 아르마는 소설 속에 인간의 배설물과 관련된 쓰레기, 부패물의 상징들을 곳곳에 배치했다. 그 남자는 언제나 흙, 곰팡이, 썩어가는 목재, 기름때로 끈적거리는 벽과 쓰레기들에 둘러싸여 있다. 소설의 도입부에서, 버스에서 잠든 남자가 좌석에 침을 흘리자 승무원은 그를 쫓아내고 운전기사는 그에게 침을 뱉는다. 이 배설물들은 속속들이 부패한 은크루마 정권을 상징하는 강력한 은유로 작용한다.

《아름다운 사람들은 아직 태어나지 않았다》는 식민 탄압에서 벗어난 사회가 탐욕과 부패에 홀려 얼마나 빨리 자유를 탕진할 수 있는지 고발하는 작품이다. 비록 소설의 관점이 암울하기는 하나, 결말 부분에서 그 남자는 이 책의 제목이 버스

측면에 슬로건으로 붙어 있는 것을 보고, 이제 부패한 정권이 무너졌으니 어쩌면 미래에 얼마간의 희망이 있을지도 모르겠다고 느낀다.

《훌륭한 병사 슈베이크》

야로슬라프 하셰크

줄거리

1차 세계대전 당시 오스트리아-헝가리군에 징집된 단순하고 성격 좋은 병사의 엉뚱한 원정을 다룬 풍자 삽화 소설.

책 속 인생 수업

전쟁은 멍청하고 헛되다.

가톨릭교회는 때로 위선적이며 군 관료체계는 때로 부조리하다.

체코 작가 야로슬라프 하셰크의 대표작인 이 코믹 소설은 원래는 6권으로 계획되었다. 그러나 악명 높은 쾌락주의자이자 애주가였던 작가는 4권이 출판된 1923년, 서른아홉의 나이에 심장마비로 세상을 떠나고 말았다. 이 소설은 하셰크가 1차 세계대전 때 동부전선에 참전했던 경험을 바탕으로 쓴 작품이다.

합스부르크 제국의 체코 국민들은 오스트리아와 헝가리

가 자신들을 탄압하는 적이라 생각하며 오스트리아의 지배에 상당한 적대감을 느꼈다. 그리고 1차 세계대전에서 체코 국민들이 오스트리아-헝가리군에 징집되어 그들이 시작하지도, 원하지도, 납득되지도 않는 전쟁에서 적을 위해 싸워야 하는 상황이 되자, 이 반감은 더 악화됐다.

하셰크는 전쟁이 불러온 이 부조리한 기정사실을 완전히 새로운 시각으로 다루기 위해 '슈베이크'라는 주인공을 내세운다. 그는 너무나 열렬히, 광적으로 이 전쟁에 참전하고 싶은 마음에, 군이 자신을 '멍청하다'는 이유로 제대시킨 이력이 있음에도 불구하고 자진해 군에 다시 지원한 인물이다.

《훌륭한 병사 슈베이크》는 군대의 무능함을 강조하는 에피소드들로 가득하다. 툭하면 사고를 치는 슈베이크는 군 지휘관들에게 언제나 눈에 가시이지만, 본인은 유쾌한 바보의 모습을 잃지 않는다. 슈베이크가 진짜 바보 천치인지, 아니면 바보로 위장한 채 치밀한 전략에 따라 체제 전복을 꿈꾸는 자인지, 그 판단은 독자의 몫으로 남는다. 최초의 반전 풍자 소설 중 하나로 평가받는 이 재미있는 소설은,《캐치-22》의 작가 조지프 헬러가 작품에 막대한 영향을 받았다고 인정한 하셰크의 걸작이다.

《제르미날》

에밀 졸라

줄거리

1880년 프랑스의 북부 한 탄광에서 척박한 환경과 극한의 노동에 내몰린 이민자 광부가 회사 경영진에 맞서 반란을 주도한다.

책 속 인생 수업

착취에 맞서 투쟁할 때 꼭 필요한 저항의 동력은 희망, 회복력, 결속이다.

《제르미날》은 스무 권으로 구성된 에밀 졸라의 연작 소설 《루공 마카르》 총서의 열세 번째 작품이자 총서 중에서도 단연 최고의 작품으로 손꼽히는 소설로, 19세기 프랑스 북부에 살던 두 가족의 이야기를 그린다. 1885년에 발표된 《제르미날》은 작은 마을의 광부로 취업한 이상주의 청년 에티엔 란티에르의 투쟁을 상세히 담고 있다. 그는 러시아 무정부주의자이자 정치

선동가인 수바린을 만나고, 그로부터 사회주의 혁명의 이론을 전수받는다.

에티엔은 마카르 가문 사람들의 보편적인 특징(유전적 특징은 졸라의 연작 소설에서 반복적으로 다루어진다)인 성급하고 충동적인 성향을 물려받은 것으로 보인다. 광부들의 노동 여건이 악화되고 탄광 회사가 점점 더 잔인한 방식으로 광부들의 급여를 줄이자, 에티엔은 착취에 맞서 광부들의 파업을 선동한다.

졸라는 존엄성을 박탈당한 광부들의 빈곤한 삶과 자본가 계급의 풍요로움을 능숙하게 대조시키며 노예와 같은 상황에서 생존하기 위한 광부들의 투쟁을 생생하게 그려냈다. '싹(germe)이 나는 달'이라는 뜻을 가진 소설 제목처럼, 《제르미날》은 출간과 함께 돌풍을 일으키며 20세기 프랑스 고전의 반열에 올랐다. 비록 광부들의 반란은 성과 없이 막을 내리고 말았지만, 졸라는 미래에는 변화가 있을 것이라는 희망의 메시지로 소설을 마무리한다. 그리고 이 구절은 전 세계적으로 사회주의자들을 비롯해 사회 진보와 변혁을 갈망하는 노동자들을 지지하는 문장으로 자주 인용되고 있다.

> 뜨거운 태양 아래, 새로운 성장의 아침에, 전원에는 노래가 울려 퍼진다. 복수심에 찬 검은 군대가 천천히 싹을 틔우고 수확의 시기를 준비하는 동안 땅이 부풀어 오른다. 그러다 멀지 않은 어느 날, 완전히 성숙한 그 싹이 땅을 뚫고 올라오리라.

탄광촌 체험과 방대한 조사로 빚은 리얼리즘

《제르미날》이 발표된 후, 졸라는 정계의 양쪽 진영에서 모두 공격을 받았다. 보수파들은 그가 광부들의 상황을 과장했다고 비난했고, 사회주의자들은 소설의 노동계층 묘사가 우월주의에 젖어 있으며 무신경하다고 지적했다.
졸라는 이런 비평에 격렬히 반박하며 사전에 광범위한 조사를 했다고 주장했다. 그는 소설의 배경인 탄광촌을 자주 방문해서 광부들과 인터뷰를 진행하고 노동 환경을 직접 살펴보기 위해 편법을 써서 탄광 안에도 들어갔다. 그중 한 번은 시위 중이던 광부들의 폭동을 직접 목격했고 그날의 경험이 소설의 가장 극적인 순간의 토대를 만들어주기도 했다.

《중력의 무지개》

토머스 핀천

줄거리

2차 세계대전의 막바지, 각국의 미사일 기술 개발을 향한 탐욕과 그 위험성을 거침없는 상상력으로 풀어낸 공상과학 풍자 소설.

책 속 인생 수업

부패한 정치 권력이 기술의 발전에 영향력을 행사하면 인류에겐 치명적일 수 있다.

1973년에 발표된 토머스 핀천의 문제작《중력의 무지개》는 다양한 플롯과 변화무쌍한 화자의 목소리가 하나의 목표를 중심으로 결집되고 있다. 그 목표란 바로 종반을 향해 치닫는 2차 세계대전에서 전설적인 독일 미사일 V2를 찾아내는 것이다. 주인공은 비운의 미국 기밀 첩보원인 타이론 슬로스롭이다. 그는 어느 날 성적 밀회를 즐기다 자신의 '물건'이 발기하는 것과 동시에 독일 V2 미사일이 런던을 향해 발사됐다는 사실을 알게 된다. V2 미사일은 기존 무기들과 달리 버튼만 누르면 작동되는 최첨단 무기로, 어디서 날아올지 몰라 그야말로 공포의 대상이었다. 죽음의 무기를 감지할 수 있는 인간은 슬로스롭뿐인데, 황당하게도 V2가 발사될 때 생식기가 발기하는 기이한 현상 때문에, 그는 미사일을 감지할 수 있게 됐다.

핀천은 2차 세계대전 이후, 과학기술의 활용과 발전 그리고 군수 산업의 확장이 인류의 미래에 분명한 위협이 된다는 사실을 깨달았다. 그는 역사적 사실과 과학, 음모 이론, 대중문화와 눈에 띄게 저속한 유머를 한데 뒤섞어 무기 경쟁의 부조리함을 풍자한다.

정신 질환과 피해망상도 소설 전반에 걸쳐 다루어지고 있다. 소설이 전개될수록 화자의 말은 점점 더 신뢰하기가 어려워지고, 어디까지가 실제로 일어난 일이고 어디까지가 정신병이나 망상성 환각의 산물인지 판단하기가 힘들어진다. 망상은 당연히 전후 무기 경쟁의 저변에 깔려 있는 요소로, 더 거대하고 더 파괴적인 무기를 열렬히 탐하도록 몰아간다.

이 소설은 베르너 폰 브라운의 수필을 인용하며 시작되는데, 그는 나치의 로켓 공학자로 V2를 공동 발명했고, 전후에는 미 정보국에 들어가 나사NASA에서 일한 인물이다. 폰 브라운은 공룡의 멸종을 예로 들며, 공룡의 생태계 형태와 닮은 다른 종이 태어나고 존속된 것으로 보아, '자연은 멸종이란 것을 모른다. 오직 변화만이 있을 뿐!'이라는 주장을 했다. 핀천은, 로켓

공학자들과 군 산업 복합체가 인류의 멸종에 대해서 이런 소름 끼치는 견해를 공유하고 있음을 소설을 통해 암시하고 싶었던 것이리라.

《멋진 신세계》

올더스 헉슬리

줄거리

고도로 발달한 과학기술이 사회의 모든 면을 지배하는 미래를 그린 디스토피아 공상과학 소설. 이곳에서 인간은 감정과 개성, 자유를 박탈당하고, 실용적 가치에 따라 특정 계급으로 분류되어 사육된다.

책 속 인생 수업

대량생산 체제와 전체주의는 인간성 상실과 몰개성을 부추긴다.

암울한 미래 세계를 그린 올더스 헉슬리의 《멋진 신세계》는 금세기에 미래를 가장 깊이 있고 날카롭게 파헤친 최고의 예언적 소설로 평가받는다.

1932년 출간된 이 소설이 그리는 '멋진 신세계'는 고도의 기술 체계를 통해 사회의 안정을 유지한다. 사람들은 사회의 특정 역할을 수행할 수 있도록 특정 유형(알파, 베타, 감마 델타, 혹은 엡실론)으로 복제 생산된다. 계획 생산에 의해 태어난 사람들은 평생 질병이나 노화 없이 건강과 젊음을 유지하고, 국가는 '소마'라는 신경안정제를 통해 인간들이 항상 수동성을 유지하도록 관리한다. 소마는 섭취하기만 하면 즉각적으로 평화와 행복감을 선사해주는 가공 물질이다.

심리학자 버나드는 알파 계급에 속해 있지만 세계국의 엄격한 사회 통제에 환멸을 느끼고 기성 질서에 반감을 갖는다. 어느 휴일, 여자 친구 레니나와 함께 세계국을 벗어나 야만인 구역에 가게 된 그는 자연 출산, 종교, 의식이나 질병 등 그들의 사회에서는 제거되었거나 탄압받는 행위들을 목격한다. 그곳에서 만난 린다라는 여자는 세계국 출신이지만 불법으로 임신한 다음 야만인 구역으로 보내진 인물이고, 린다가 그곳에서 낳아 기른 아들 존은 세계국 바깥에서 태어나 신경계 프로그래밍이나 사회적 조건화를 거치지 않아, 인간 본연의 감정과 본성을 지니고 있다.

버나드는 문명사회의 지배 체제에 대항할 한 가지 계책으로 린다와 존을 세계국으로 데려오고, '자연 야만인' 존은 성적 매력을 풍기는 대상이 되어 갑자기 유명인사가 된다. 존의 자연스러운 생각이나 감정, 열정은 그가 새로 속하게 된 사회의 감정이 결여된, 삭막한 가치들과 갈등을 빚으며 문명 세계에 파란을 일으킨다.

헉슬리의 《멋진 신세계》는 미래의 디스토피아 소설들

(《1984》, 《시녀 이야기》 등)에 청사진을 제시한 작품으로, 이 작품에서 문제를 제기한 유전공학의 윤리적 논란은 오늘날에도 여전히 중요한 숙제로 남아 있다.

《컬러 퍼플》

앨리스 워커

줄거리

학대와 시련을 견뎌낸 어린 흑인 소녀가 인생이란 긴 여정을 통해 서서히 자신감과 강인함을 얻고 마침내 한 인간으로서 독립과 자아실현을 이루는 이야기.

책 속 인생 수업

믿음과 인내는 역경 속에서 강인함을 끌어내도록 돕고, 사랑과 우정은 어려운 시기를 헤쳐 나갈 힘을 주며, 용서는 과거의 상처를 극복하도록 돕는다.

편지글 형식의 이 소설은 1910~1940년대 사이로 추정되는 미국 남부를 배경으로, 열네 살 때부터 자신의 삶과 인간관계에 대한 편지를 하느님께 써온 셀리의 참혹한 이야기다.

친부에게 강간을 당해 아이를 둘이나 낳고, 강제로 폭력적인 남편과 결혼한 셀리는 정신적 외상과 외로움으로 고통스러워한다. 셀리의 유일한 위안은 사랑하는 여동생 네티와의 관계다. 그러나 네티가 선교 사업을 위해 아프리카로 떠나자 셀리는 예전보다 더한 고립감과 막막함을 느낀다. 그러던 중, 카리스마 넘치는 블루스 가수이자 남편의 정부인 슈그 에이브리가 한집에 들어와 살게 되면서 셀리는 성性적인 깨어남을 경험한다. 그 경험은 그녀가 자신이 누구인지 깨닫고 스스로를 가치 있고 사랑받을 만한 존재로 자각하게 하는 데 결정적인 역할을 한다. 두 사람은 남성의 폭력에 굴하지 않고 당당하게 맞서며 서로가 서로에게 손을 내민다.

이 소설에서 셀리의 이야기와 함께 이중으로 기술되는 서사는, 여동생 네티가 아프리카에서 겪은 일을 들려주는 편지글이다. 그러나 남편이 편지를 숨겨버리는 바람에 셀리는 네티의 이야기를 전혀 알지 못한다.

《컬러 퍼플》은 여성의 우정, 사랑, 연대라는 다면적인 이야기를 통해 인종 문제, 성차별, 종교, 성역할, 권력, 정체성 그리고 제국주의라는 광범위한 주제를 다루고 있다. 워커가 이 작품을 통해 하고 싶은 이야기는, 고통을 완화시키고 희망을 품게 하는 것은 다른 무엇이 아닌, 바로 상처 입은 영혼들 사이의 사랑과 연대라는 점이다. 앨리스 워커는 이 작품으로 출간 이듬해인 1983년 퓰리처상을 받았으며 '흑인 여성 최초 수상자'라는 영예를 안았다. 스티븐 스필버그가 영화화한 작품은 오스카상을 수상했고, 브로드웨이 뮤지컬로 각색된 작품 역시 큰 사랑을 받았다.

《바빌로니아의 복권The Lottery in Babylon》

호르헤 루이스 보르헤스

줄거리

몇 세기에 걸쳐 '회사'라고만 알려진 수상한 기업의 지배를 받고 있는 가상 국가 바빌로니아에서 펼쳐지는 이야기를 다룬 디스토피아 단편소설.

책 속 인생 수업

전체주의 체제는 개인을 탄압하고 통제한다.
'운'이란 것이 인간사에 미치는 역할은 막강하다.

현대 소설의 패러다임을 제시했다는 평가를 받는 아르헨티나 작가 호르헤 루이스 보르헤스의 유명한 소설집 《갈림길의 정원The Garden of Forking Paths》 수록작으로 발표된 단편 《바빌로니아의 복권》(1941)은 복권을 매개로 대중들을 통제하고, 유해한 영향력을 행사하는 '바빌로니아'라는 가상의 국가에 대한 이야기를 그린 작품이다.

처음에 복권은 단순히 상금을 나눠주는 경품권 같은 제도였다. 그러나 시간이 지나면서 복권은 점점 더 사람들의 삶을 통제하고 영향력을 발휘하기 시작한다. 복권 당첨자에게 상금은 계속해서 지급됐지만, 이 복권을 운영하는 수상한 조직인 '회사'는 '불운'의 복권을 만들어 당첨된 이들을 처벌하거나 도리어 벌금을 물리기 시작한다. 결국 복권 뽑기는 일부 특권층을 제외한 모든 사람의 의무 사항이 됐고, 그 여파로 개인의 모든 자유는 순전히 '운'의 문제로 전락한다.

《바빌로니아의 복권》은 판타지, 풍자, 마술적 사실주의를 조화롭게 엮어내어 서스펜스와 예상치 못한 반전을 제공하는, 보르헤스 특유의 천재적 글 감각을 엿볼 수 있는 작품이다. 그는 이 경고성 우화를 통해 아무리 호의적으로 보일지라도 국가가 대중의 삶에 개입하는 것이 얼마나 위험한지 알리고 있다.

4장

심리와 정체성

4장에서는 심리 소설이라 불리는 소설들을 다룬다. 등장인물의 생각이나 감정, 정서를 가장 중점적으로 다루고, 이런 요소들이 외부로 드러나는 행위와 사건들을 어떻게 빚어내는지 탐구하는 작품들이다. 심리 소설은 제임스 조이스, 조지프 콘래드, 버지니아 울프 같은 모더니즘 작가들이 내적 독백, 의식의 흐름, 작가의 다양한 목소리나 시각과 같은 새로운 문학 형식과 장치를 실험하기 시작한 20세기 소설에서 두각을 나타냈다는 의견이 지배적이다. 지그문트 프로이트와 칼 융 같은 정신분석학자들의 책을 읽고 영향을 받은 작가들은 소설에서 인간의 경험을 표현할 새로운 방법을 찾고자 했다.

그러나 소설에 드러난 심리학적 관점은 20세기 훨씬 이전 문학에서도 찾을 수 있다. 새뮤얼 리처드슨의 《파멜라》(1740)와 로렌스 스턴의 《신사 트리스트럼 섄디의 인생과 생각 이야기》(1759) 같은 영국 초기 소설에서도 주인공의 생각과 감정을 탐구하는 문학 기법이 이미 사용됐다. 스턴의 소설은 문학에서 의식의 흐름 기법을 사용한 초기 작품 중 하나로 종종 인용된다. 그 외에 현대 심리 소설에 깊은 영향을 준 작가들로는, 인간의 의식과 정체성을 탐구한 표도르 도스토옙스키와 크누트 함순을 들 수 있다.

《돈키호테》

미겔 데 세르반테스

줄거리

망상에 빠진 스페인 비주류 귀족의 출정을 다룬 17세기 고전 문학. 주인공 돈키호테는 자신이 이 잔혹하고 냉소적인 세상에 기사도의 미덕을 복권할 사명을 띤 기사라 생각하고 길을 떠난다.

책 속 인생 수업

삶은 도전이다. 선함의 가치를 믿는다면 삶을 선함으로 채우기 위해 분투해야 한다. 어쩌면 삶은 불가능해 보이는 것에 도전하는 끝없는 과정일지도 모른다.

1605년 전편, 1615년 후편으로 2부에 걸쳐 출간된 미겔 데 세르반테스의 《라만차의 기상천외한 기사 돈키호테The Ingenious Gentleman Don Quixote of La Mancha》(줄이지 않은 원제목)는 400년 넘게 사랑받아온 스페인 문학의 절정이자 사실상 유럽의 첫 번째 현대 소설로 꼽히는 작품이다. 그 이유는 여러 가지가 있지만, 특히 세르반테스가 사용한 혁신적인 문학적 장치들이 이후 수 세기에 걸쳐 여러 세대의 작가들에게 지대한 영향을 주었기 때문이다.

라만차 지방에 사는, 한 늙고 작위도 없는 책벌레 귀족 알론소 키하노가 기사도 로맨스 소설에 푹 빠진 나머지 자신을 기사도의 숭고한 가치를 실현해야 하는 '방랑 기사'로 착각한다는 것이 이 소설의 기본 플롯이다. 그는 자신의 환상을 실현하기 위해 이름을 '돈키호테'로 바꾸고, 아둔하지만 주인을 충실히 모시는 종자 산초와 함께 임무 수행을 위해 출정에 나선다.

키하노가 보이는 '광기'를 중심으로, 세르반테스는 주인공의 여정과 그가 길에서 만난 인물들의 이야기들을 엮어낸다. 앞서 언급했듯이, 이 소설은 극도로 신뢰할 수 없는 화자, 관점의 변화, 본론에서 벗어난 여담 그리고 이야기 속의 이야기 등 현대 문학에서나 볼 법한 장치들을 곳곳에 선보이고 있다. 물론, 가장 슬픈 '장난'은 키하노를 숭고한 기사라고 믿는 사람은 키하노 자신뿐이라는 것이다. 키하노가 여행길에서 만나는 모든 등장인물들은 돈키호테와 산초를 정신 나간 사람들로 취급하고 잔인할 정도로 그들을 이용해먹고, 조롱한다.

판타지와 현실의 괴리, 온전한 정신과 정신 이상, 중세 유럽의 계급 구조, 정체성과 자아 형성에 관한 질문 등 돈키호테는 다양한 주제를 탐구한다. 뮤지컬 〈맨 오브 라만차〉의 노랫

말 "희망조차 없고 또 멀지라도 멈추지 않고 돌아보지 않고 오직 나에게 주어진 이 길을 따르겠노라"를 들으면, 돈키호테가 될 수 없어 슬픈 키하노의 원대한 이상이 떠올라 가슴이 뭉클해지는 경험을 할 수 있다.

자신의 소설 속에 잠시 등장한 세르반테스

미겔 데 세르반테스는 스페인 왕정에서 훈장까지 받은 병사였고, 교황 비오 5세의 신성동맹군으로 참전해서 오스만 제국을 상대로 싸우기도 했다. 1575년, 미겔과 로드리고 세르반테스 형제는 오스만군의 포로로 잡혀 석방을 위한 몸값이 내걸렸다. 형편이 안 좋아 한 사람의 몸값만 겨우 지불할 수 있었던 세르반테스 가족은 로드리고를 선택했고, 미겔은 5년 동안 포로로 살아야 했다. 돈키호테 속, '포로의 이야기'가 펼쳐지는 부분에 사아베드라 아무개라는 '어느 에스파냐 병사' 얘기가 지나가는 말처럼 잠깐 언급된다. 세르반테스의 정식 이름은 미겔 데 세르반테스 사아베드라이므로 이 부분은 작가가 소설 속 서사에 개입한 다양한 사례 중 하나다.

《사건의 핵심》

그레이엄 그린

줄거리

2차 세계대전 당시, 서아프리카 식민지의 영국인 유부남 경찰이 젊은 여인과 외도를 시작한다. 그 정사는 그를 도덕적 딜레마에 빠뜨리고, 삶을 뒤흔들며, 자신의 신앙에까지 의문을 품게 한다.

책 속 인생 수업

개인은 타인의 행복에 어느 정도까지 책임이 있을까?
도덕적 딜레마에 직면했을 때 기독교 신앙의 한계는 어디까지일까?

20세기 인간의 의식과 불안을 주제로 다양한 장르를 가로지르며 글쓰기의 지평을 확장한 그레이엄 그린의 《사건의 핵심》(1948)은 아프리카의 작은 외국인 거주지를 보호하는 경찰 헨리 스코비의 이야기를 다룬다. 사랑 없는 결혼에 갇혀 사는 스코비는 독실한 가톨릭교도로, 불행한 아내 때문에 그리고 하나밖에 없던 자식을 몇 년 전에 잃은 죄책감 때문에 늘 괴롭다. 승진에서 누락된 스코비는 남아프리카로 탈출하길 원하는 아내 루이스의 여비를 마련하기 위해 어쩔 수 없이 지역 암거래상으로부터 돈을 빌리는데, 그 과정에서 정신적 외상을 입은 젊은 과부를 만나 격정적인 불륜에 빠지고, 그로 인해 벌어진 일련의 사건들이 결국 비극을 부른다.

그레이엄 그린의 많은 작품들이 그렇듯, 이 소설의 중심 주제는 가톨릭 신앙이다. 스코비가 감정적으로 힘겨운 일련의 도덕적 딜레마에서 헤어 나오기 위해 분투할 때, 그리고 죄책감과 연민, 저주, 구원과 씨름하는 과정에서, 그레이엄 그린은 책 전반에 걸쳐 가톨릭 신학을 논한다.

《사건의 핵심》은 밀실 공포증을 유발하는 소설로, 이야기가 전개되는 배경은 소설에서 말하고자 하는 주제의 강력한 은유로 작용한다. 숨이 막힐 듯한 답답한 기후, 열기와 습기의 빈번한 묘사는 스코비가 빠져들게 될 저주의 불길을 암시한다. 결국 스코비는 최선을 다했음에도 불구하고, 오만이라는 죄와 연민이라는 짐 때문에 자멸하고 만다. "잠시 후 스코비는 이것이 그가 얻을 수 있는 행복의 최대치임을 알 수 있었다. 비 내리는 어둠 속에, 사랑도 없이, 동정도 없이, 그저 홀로 이렇게 앉아 있는 것이."

《오블로모프》

이반 곤차로프

줄거리

병적 결정 장애가 있는 어느 귀족의 나태하고 무기력한, '잉여인간'의 전형적인 삶을 그린 19세기 러시아 소설.

책 속 인생 수업

남들과 똑같이 살아야 한다는 도덕적 의무 따위는 없다.
삶은 언뜻 보기엔 중요한 결정과 행동들로 이루어진 것 같지만, 그것들을 하나씩 따로 떼어놓고 보면 모두 사소하고 무의미할 뿐이다.

《오블로모프》(1859)는 톨스토이가 극찬을 아끼지 않은, 러시아 사실주의의 대문호 이반 곤차로프의 대표작으로 19세기 러시아 문학의 핵심 주제였던 '잉여인간'을 다룬 소설이다.(《우리 시대의 영웅》 참고) 주인공 일리야 일리치 오블로모프는 부유하고 교양 있는 러시아 귀족이지만 종일 침대에 누워 있거나 의자에 앉아 일상의 자질구레한 일들에 조바심을 내며 세월을 보낸다. 그리고 끝없는 빈둥거림과 잠으로 허송세월하면서도 그 시간을 아주 살짝만 방해받아도 견디기 힘들어한다. 오블로모프가 가장 간절히 바라는 바는, 문제를 그냥 무시하면 그것이 저절로 해결되는 것이다. 실제로 그는 직접 행동에 나서는 일이 거의 없다. 오블로모프는 소설이 시작되고 150쪽에 이를 때까지 침대를 떠나지 않는다. 친구들과 지인들 여럿이 그를 방문하지만 그들의 바쁜 삶과 문제들은 그에게 전혀 영감을 주지 못하고, 오히려 아무것도 하지 않는 편이 낫다는 확신만 견고하게 만든다.

오블로모프는 독특한 소설이다. 표면적으로는 600여 쪽에 달하는 분량 안에서 별다른 사건이 일어나지 않지만 전혀 지루하지 않다. 독자들은 오히려 오블로모프의 세계, 그의 사색과 생각, 망상, 노이로제와 꿈에 빠져 들어간다. 특히 부유하는 듯한 나른하고 졸린 문체는 반영웅인 주인공의 삶을 완벽하게 반영한다. 표면적으로는 몽상에 빠진 퇴락한 러시아 귀족을 풍자한 책이지만 현대 학자들은 이 소설의 심리학적 측면들, 특히 19세기 러시아 사회를 살아가는 사람들이 느낀 허무감과 무기력, 우울감에 집중한다.

오블로모프의 말을 그대로 옮기자면, 그의 우울감은 "언제나 나를 짜증나게 하고, 정말 한시도 가만 놔두질 않는 것, 인생 그 자체 때문"에 비롯된 것이다.

오블로모프의 뜻밖의 변신

《오블로모프》는 이탈리아 극작가 리카르도 아라뇨에 의해 연극으로 각색됐다. 1964년, 곤차로프의 열혈 팬이었던 영국 희극 배우 스파이크 밀리건은 아라뇨의 각본 저작권을 사들였고, 업계에서 좀 더 중요한 역할을 해보고 싶은 마음에 런던에서 공연을 기획했다. 그러나 첫 공연이 있던 밤, 밀리건은 공황장애 증상 때문에 대사의 상당 부분을 잊어버렸고, 공연을 망치지 않기 위해 자신이 가장 잘하는 것을 시도했다. 바로, 되는대로 지껄이는 즉석 코미디였다.
그 공연은 비평가들에게는 혹평을 받았지만, 밀리건은 계속해서 《오블로모프》를 즉석 코미디의 동력으로 삼아 매일 밤 극본을 마음대로 고쳐 썼다. 관객들과 논쟁을 벌이기도 하고, 관객석에 앉아서 연극을 시작하기도 하고, 가짜 팔다리가 달린 의상을 입기도 하고, 극 단원들의 실명을 부르며 연기하기도 했다. 한번은 같은 라디오 프로그램에 출연하던 친구 피터 셀러가 엘리자베스 2세의 초대로 로열박스에 앉아 있는 것을 발견하고는, 연극을 하다 말고 몇 분에 걸쳐 셀러와 쌍방 즉석 코미디를 펼치기도 했다. 그날 공연은 관중들의 큰 호응을 얻어 대성공을 거뒀다. 이제는 아라뇨의 극본과 비슷한 부분이 거의 없는 그 극은 '오블로모프의 아들Son of Oblomov'이라는 새로운 제목을 갖게 됐다.

《벨 자》

실비아 플라스

줄거리

엄마가 원하는 '모범적인 미국 여성'으로서의 삶을 감당할 자신이 없어 고통을 겪는, 에스더라는 한 재능 있는 젊은 여성의 삶을 정교하게 그려낸 반자전적 소설.

책 속 인생 수업

부조리한 현실 속에서 자기 정체성이 유지될 수 없는 순간, 우리는 어떻게 현실에 맞설 수 있는가.

미국 시인 실비아 플라스가 남긴 유일한 소설인 《벨 자》는 이른바 '로망 아 클레roman à clef'('열쇠가 있는 소설'이라는 뜻)로, 이는 프랑스 문학에서 실제 경험을 허구의 세계로 위장한 형식을 말한다. 이 소설은 실비아 플라스가 죽기 몇 주 전에 영국에서 '빅토리아 루커스'라는 가명으로 1963년에 출간되었다. 고국인 미국에서는 어머니의 반대로 책이 나오지 못하다가 1971년에야 빛을 볼 수 있었다.

주인공인 재능 있는 열아홉 살 학생 에스더 그린우드는 모두가 선망하는 뉴욕 패션 잡지의 공모전에 당선되어 한 달 동안 뉴욕에서 인턴으로 일하게 된다. 그러나 정작 뉴욕에서 그녀가 마주한 것은 기대했던 것과 달랐다. 에스더는 그녀를 둘러싼 가볍고 얄팍한 세상에서 점점 더 소외감을 느끼고, 숨 막히는 불안, 우울 그리고 결국은 자살 충동을 느끼며 병들기 시작한다. 에스더는 처음으로 그간 별 의심 없이 품은 삶의 전망을 더는 할 수 없는 상태에 빠졌고, 결국 전기 충격 요법을 포함한 일련의 '치료'를 받는 지경에까지 이른다.

정신 건강 문제로 고통을 겪는 젊은 여성에 대한 플라스의 솔직하고 정직한 묘사 뒤에는 그녀의 암울한 경험이 있다. 플라스는 1963년 이 소설 출간 직후 스스로 목숨을 끊었다. 그럼에도 《벨 자》에는 상당히 코믹하고 신랄한 문체가 섞여 있다. 에스더의 사색과 자아 성찰에는 아주 맛깔난 아이러니가 담겨 있고, 재치 있는 구절을 곳곳에서 발견할 수 있다. "문제는, 나는 줄곧 부족한 사람이었다는 것이다. 어쩜 그런 생각을 한 번도 해본 적이 없었던 걸까."

2차 세계대전 이후 미국에서 제시한 '이상적인 중산층 여성의 모범적인 삶'에 순응해야 한다는 압박감, 이 색다른 소설 《벨 자》는 그 압박감에 대한 통찰을 상당히 깊이 담고 있다. 더 나아가 사회가 어떻게 개인의 자유의지를 빼앗는지 그리고 1950년대를 살아가던 독립적이고 야심 찬 여성들에 대한 사회의 기대와 태도, 그것을 향한 매서운 비판도 함께 담겨 있다.

> 예쁜 유리 종 안에 담긴 사람, 마치 죽은 아기처럼 모든 것이 멈추고 텅 빈 그 사람에게 세상은 그저 악몽일 뿐이다.

《이방인》

알베르 카뮈

줄거리

주변 사람들의 감정이나 정서에 무감각하고, 세상에 불만이 많은 남자는 이유 없이 살인을 저지르고도 아무 죄책감이나 회한을 느끼지 않는다. 현실에서 소외된 새로운 인간상을 제시하는 실존주의 소설.

책 속 인생 수업

숭고한 의미도, 어떤 질서도 없는 세상에서 삶의 의미를 찾는다는 것 자체가 부조리할 수밖에.

영어로는 《아웃사이더The Outsider》 혹은 《낯선 사람The Stranger》이란 제목으로 출판된 알베르 카뮈의 《이방인》은 삶의 의미를 찾는 것의 허망함을 탐구한 20세기 실존주의 소설의 걸작으로 평가받는다. 주변 사람들의 감정에 이상할 정도로 무심한 남자 뫼르소는 어느 날 같은 아파트에 사는 레몽이라는 남자와 친해진다. 레몽은 변심한 애인을 괴롭히려는 계획을 세우다가 전 여자 친구 가족과 싸움을 벌이고 뫼르소는 이 사건에 휘말리게 된다. 해변에서 실랑이 끝에 레몽이 칼에 맞자, 뫼르소는 권총을 들고 가 레몽을 폭행한 일당 중 하나를 쏘아 죽인다. 살인자가 된 뫼르소는 체포되고 재판을 받는데, 변호사도 재판관도 그리고 뫼르소의 영혼을 구제하기 위해 찾아온 사제도 그 누구도 뫼르소를 진정으로 이해하지 못한다. 뫼르소도 마찬가지다. 그는 세상의 이해 밖에 있는 '이방인'일 뿐이다.

카뮈는 자신의 소설이 실존주의 소설로 분류되는 것을 거부했다. 꼬리표라는 것을 싫어하기 때문이기도 했고, '안락의자 철학(새로운 연구나 새로운 정보 없이 자신의 경험이나 생각에 의해 개진한 이론—옮긴이)'을 불신하기 때문이기도 했다. 이 소설에는 누가 봐도 분명한 실존주의적 측면들이 있기는 하지만, 당시는 지적 허무주의가 상당히 유행하던 때였으므로 현대 비평가들은 대안적인 해석에 집중한다.

뫼르소에게서 관찰되는 타인의 감정에 대한 공감능력과 이해도 결여, 감정적 무심함 그리고 열기, 빛, 소리에 대한 과민함은 아스퍼거 증후군과 같은 자폐 스펙트럼 장애의 증상과 일치한다. 《이방인》이 출판된 1942년은 자폐에 대해 알려진 바가 거의 없었고, 아스퍼거 증후군이 공식 진단을 받은 것도 불과 몇 년 전의 일이다. 아마도 카뮈는 아스퍼거 증후군의 증상과 일치하는, 반사회적 특징을 보이는 사람을 모델로 뫼르소라는 인물을 창조했을 거라는 추측이다. 따라서 삶의 의미를 찾으려는 행위의 허무함에 대한 비난을 하려고 했다기보다, 우연히 자폐에 대한 강렬한 초상을 카뮈가 그려낸 것인지도 모른다. 그리고 그 모습은 소설의 첫 줄에 압축되어 있다. "오늘 어머니가 죽었다. 아니 어젠가, 잘 모르겠다."

《이방인》이 영국에서 《아웃사이더》가 된 까닭

프랑스어에서 'L'Étranger'라는 단어는 서로 유사하지만 분명히 다른 여러 개의 의미를 갖고 있다. 외국에 거주하는 사람(뫼르소는 식민지 알제리에 사는 프랑스인이었다), 사회로부터 소외된 개인 혹은 고독한 여행자. 이 소설은 영국에서는 언제나 '아웃사이더'라는 제목으로 출판됐고, 미국에서는 '낯선 사람'으로 출판됐다. 그 이유는 정확한 번역이 무엇이냐를 두고 벌어진 이견이라기보다는 단순한 소통의 실패 때문이다. 첫 영어 번역본은 '낯선 사람'으로 계획되었지만, 당시 영국 편집자는 폴란드 작가인 마리아 쿤체비츠조바Maria Kuncewiczowa의 소설 《추도지엠카Cudzoziemka》를 '낯선 사람'이라는 제목으로 막 출간한 뒤였기 때문에, 카뮈의 소설 제목이 '아웃사이더로' 바뀌었던 것이다. 안타깝게도 저작권을 공유한 미국 편집자는 제목 변경 소식을 안내받지 못한 상태로 책을 인쇄했고, 그래서 제목이 달라졌다는 사연이다.

《인간실격》

다자이 오사무

줄거리

사회에 적응하지 못하는 일본인 청년의 이야기를 다룬 반자전적 소설. 어린 시절부터 학창 시절, 청소년기를 거쳐 성인에 이르기까지 그가 우울과 자기 파괴의 길로 추락하는 과정을 따라간다.

책 속 인생 수업

자신의 정체성을 찾지 못하고, 불신에 찬 채 사회의 인정을 받기 위해 억지로 애쓰다 보면 결국은 자기 자신과 사회로부터 더 멀어질 뿐이다.

서른아홉 살의 젊은 나이에 스스로 생을 마감한 다자이 오사무가 1948년 출간한 소설 《인간실격》은 오바 요조라는 일본 청년의 삶과 생각이 세세하게 적힌 수기 형식으로, 이 글이 적힌 노트를 손에 넣게 된 어떤 작가 혹은 편집자가 소설 앞뒤에

서문과 후기를 보탠 것으로 구성되어 있다.

오바 요조의 인생은 '수기'라 이름 붙은 3부로 나뉘어 기술되는데, 각 부분은 요조의 짧은 생애 중 특정한 정신적 외상과 심리적 장애를 겪은 시기를 다룬다. 첫 번째 수기에서 어린이였던 요조는 삶을 이해하는 데 애를 먹으며 깊은 소외감과 이질감을 느낀다. 외로움을 떨치고 다른 사람들과 인간관계를 맺기 위해 요조는 익살꾼을 자처하지만 속으로는 그런 모습이 가짜라고 느끼며 자책한다. 심지어 요조는 성추행도 당하지만 사람들이 자기 말을 믿어주지 않을 것이 두려워 그 사실을 숨긴다.

두 번째, 세 번째 수기는 청년기에 접어든 요조가 절망과 자기 파괴의 수렁으로 빠져드는 과정을 다룬다. 자기 회의에 빠진 그는 매일 술을 들이켜며 예술가로서의 학업을 등한시하다 결국 대학에서 퇴학당한다. 그 뒤로 여자들과 불운하고 부적절한 관계를 이어가던 중 어떤 여자와는 동반 자살까지 결심하지만 자신만 실패하고, 죄책감과 자기혐오만 남는다. 아주 잠깐 술을 끊게 도와준 한 여자와 건설적인 관계를 맺기도 하지만, 그의 오랜 친구가 다시 그를 만났을 때 그는 또다시 우울과 자기 파괴의 진창에 빠져 있다. 작가의 자전적 체험을 바탕으로 사회적 고립, 고독, 우울의 모습을 그린 이 불안한 초상은 20세기 일본 문학의 걸작 중 하나로 꼽힌다.

《신사 트리스트럼 섄디의 인생과 생각 이야기》

로렌스 스턴

줄거리

트리스트럼 섄디라는 신사와 그의 가족, 지인들의 삶을 다룬 자유분방하고 코믹한 가짜 자서전.

책 속 인생 수업

'내가 소망하는 것은 단 하나, "사람들이 자기 이야기를 자기만의 방식대로 하게 놔두라는 것이다." 이것은 어쩌면 온 세상이 배워야 할 점일 수도 있겠다.'

여러 편의 에피소드로 구성된 로렌스 스턴의 대표작《신사 트리스트럼 섄디의 인생과 생각 이야기》는 색다른 실험적 형식을 세상에 소개한 파격적인 작품이다. 스턴은 의식의 흐름 기법, 독자를 의식하는 화법, 작가가 직접 독자와 대화하는 문단 등을 활용하여 소설 형식의 여러 가능성을 재해석하고 재구성했다.

모두가 이 책이 자서전일 거라 생각할 때, 스턴은 트리스트럼이 잉태되기 전의 이야기를 시작하며 그 추측을 뒤엎는다. 스턴은 또 하나의 전통 기법인 호메로스식의 전개 패턴을 전복하는 시도를 한다. 호메로스식 전개란, 시간순 이야기의 중간에 서사를 지어 올리고, 앞으로 이야기 전개에 영향을 줄 세부 묘사나 인과 관계에 살을 붙이기 위해 뒤로 돌아가기도 하는 방식이다. 이 소설의 화자 '트리스트럼 섄디'는 무언가를 묘사하다가도 자신의 '의견'을 말하기 위해서라면 언제든지 옆길로 새지 않고는 못 배기는 인물이다. 결과적으로 두 권 반에 달하는 분량은, 명목뿐인 주인공이 태어나기도 전에, 어쩌면 그와 무관할 수도 있는 (하지만 스턴에게는 풍자 가득한 본인의 재치를 마음껏 펼칠 기회를 주는) 배경 지식과 본론을 벗어난 이야기들로 지나간다.

스턴은 중세 프랑스 풍자 문학가 프랑수아 라블레(《가르강튀아 팡타그뤼엘》 참고)로부터 막대한 영향을 받았고, 그 프랑스 선배처럼 지저분한 유머나 인간의 육체에 심취했다. 일례로 어린 트리스트럼은 창문 밖으로 소변을 보다가 사고로 할례를 당하기도 한다. '코'는 소설을 관통하는 핵심 주제다. 트리스트럼의 아버지는 오뚝하고 균형 잡힌 코를 성공을 위한 전제 조건으로 생각한다(트리스트럼의 코는 출산 중에 훼손됐다). 스턴은 희극적 효과를 극대화하기 위해 라블레의 글 어느 부분을 통째로 빌려 와 재배열함으로써 라블레(그리고 세르반테스의 《돈키호테》)의 영향을 직접적으로 인정하고 있다.

《신사 트리스트럼 섄디의 인생과 생각 이야기》는 읽기 쉬운 책은 아니지만(본론에서 벗어난 곁가지들이 고의적으로 독서를 방해한다), 이 소설에 담긴 파격적인 실험성과 유희 정신, 기존의 가치에 대한 도전은 영문학사뿐 아니라 세계 문학사에서 보기 드물다. 이 모든 참신한 시도를 통해 로렌스 스턴이 말하고자 한 핵심 메시지는 '사람들이 그들의 이야기를 그들의 방식으로 말할 수 있게 하라'이다.

《오기 마치의 모험》

솔 벨로

줄거리

가난한 유대인 소년의 삶을 따라가는 피카레스크 소설. 대공황 시기에 시카고에서 성장한 소년은 출세를 위해 기이한 직업을 전전하며 분투한다.

책 속 인생 수업

다른 사람들이 당신의 운명을 결정하도록 허락하지 마라. 자신의 길은 오직 자신만이 개척할 수 있다.

고전 문학에서 피카로(picaro)는 호감형 악당을 말한다. 대개 출신이 미천한 그들은 자신의 기지로 세상을 헤쳐 나간다. 피카레스크 소설(16~17세기 초반까지 스페인에서 유행한 문학 양식으로 등장인물을 도덕적 결함이 있는 악인으로 설정한다. 악한 소설, 건달 소설이라고도 부른다—옮긴이)은 주인공이 자유분방한 방식으로 자신의 길을 개척해가는 일련의 상황과 사건들이 소설의 큰 줄기를 이루는 것이 특징이다.

노벨문학상 수상 작가이자 세 차례나 전미도서상을 수상한 20세기 미국 문학의 거장 솔 벨로의 대표작 《오기 마치의 모험》도 그렇다. 1953년에 출판된 이 소설의 주인공 오기 마치는 전형적인 피카로다.

시카고의 험한 동네에서 사생아로 태어난 그는 앞을 보지 못하는 어머니와 돈에 집착하는 형, 지적장애가 있는 동생, 그리고 하숙인이지만 그들 위에 군림하려 하는 할머니와 함께 살아간다. 그의 삶에서 그를 인도해준 유일한 어른은 할머니라고 불리는(혈연관계는 아니다) 폭군 같은 유대인 여자 가장뿐이다. 이런 상황에서 오기는 생존을 위해 일찍부터 자활의 길을 걷지 않으면 안 됐다. 그리하여 도둑부터 몸종, 백만장자 작가의 비서 등 온갖 기이한 직업을 전전한다. 소설은 그의 가족과 그를 둘러싼 인간관계를 중심으로 그의 다양한 행각과 '모험'을 따라간다.

오기는 여러 면에서 아메리칸 드림의 정반대 입장에 서 있다. 성공을 위해 고군분투하지만 한 번도 자신의 목적을 달성하지 못하고, 맨땅에서 다시 새롭게 시작해야 하는 상황이 되거나, 그렇게 벗어나려고 했던 자신의 기원으로 다시 되돌아가 있다. 오기가 만난 사람들 중 대다수는 다양한 계략으로 그를 조종하려 드는데, 그중에는 도덕성이 의심스럽거나 범죄의 경계를 넘나드는 사람들도 있다. 그러나 오기는 어떻게든 잘 버텨내고 역경을 헤쳐 나가며 계속 꿈을 좇는다.

소설의 말미에서, 오기는 실패의 본질에 대한 깊은 고민 끝에, 결국 우리 삶에서 중요한 것은 목적지가 아니라 자아실현을 위한 여정이라는 결론을 얻는다.

《호밀밭의 파수꾼》

J.D. 샐린저

줄거리

사립학교의 문제아 홀든 콜필드가 퇴학을 당한 뒤 뉴욕을 방황하던 이틀간의 사건들을 다룬 소설.

책 속 인생 수업

삶이 우리에게 던지는 문제들에 맞서기 위해 필요한 것은 사람들과의 단단한 유대다. 문제로부터 도망치려 할수록 문제는 더 악화되기만 한다는 것을 기억할 것.

20세기 미국 문단의 이단아 J.D. 샐린저의 《호밀밭의 파수꾼》(1951)은 문제아 홀든 콜필드를 통해 방황하고 부딪히며 성장하는 청춘의 아이콘을 만들어내, 젊은 독자 사이에서 '콜필드 신드롬'을 일으켰다. 겉보기에 주인공인 화자는 '이유 없는 반항아'의 전형적 모습을 보인다. 부유한 중상류층 출신인 홀든 콜필드는 똑똑하고 논리정연한 아이로, 유명한 사립학교에 다닌다. 그러나 특권층이라는 표면 아래에는 어른이 되어가는 과정을 힘겨워하는, 울분에 찬 우울한 청소년이 있다.

소설은 홀든이 정신적으로 탈진할 수밖에 없었던 결정적 계기가 무엇이었는지 돌아보는 것으로 시작된다. 학교에서 학업에 대한 무관심과 태만을 이유로 퇴학당한 후 뉴욕에서 주말을 보내기로 한 홀든은, 누군가와 의미 있는 소통을 해보기 위해 몇몇 사람들을 찾아가 만난다.

《호밀밭의 파수꾼》은 원래 성인을 위한 소설로 기획되었지만, 청소년 특유의 불안과 10대가 겪는 소외감에 대한 사실적 묘사 때문에 청소년층으로부터 큰 사랑과 지지를 받았다. 홀든의 반항적인 성격과 그가 겪는 혼란을 지켜보며 청소년들은 그와 자신을 동일시하게 된 것이다.

홀든은 '위선적인' (천박한) 어른들과 상황에 대해 격분하지만, 딱 꼬집어 설명할 수 없는 무언가를 찾고 있다. 그의 정신 상태를 말해주는 한 가지 열쇠는, 그가 심리적 외상 후 스트레스 장애와 우울감에 시달리고 있다는 것이다. 홀든은 과거에 두 가지 사건을 겪었는데 그중 하나가 남동생 알리가 백혈병으로 일찍 죽음을 맞은 것이고, 다른 하나는 같은 반 친구가 스스로 목숨을 끊은 사건이었다. 홀든이 솔직하게 털어놓는 생각 속에서 '우울' 혹은 '우울한'이라는 단어가 40번 이상 언급되는 것만 봐도 알 수 있다.

《호밀밭의 파수꾼》은 정체성, 순수함의 상실, 슬픔과 성적 자각 등을 다룬 '성장 소설'로 읽히기도 하지만, 청소년들에게 점점 더 흔해지고 있는 정신 건강 문제에 대한 생생한 초상이기도 하다. 만약 이 소설이 분명히 강조하고 있는 교훈이 하나 있다면, 그것은 청소년들이 그들의 문제를 혼자 해결할 수 없다는 것이다. 그들에겐 어른들의 이해와 도움이 필요하다.

《굶주림》

크누트 함순

줄거리

정신적, 육체적으로 매우 궁핍한 젊은 작가가 먹을 것과 쉴 곳을 찾아 오슬로 거리를 떠돌아다니며 경험하는 거리 풍경과 사람들 이야기.

책 속 인생 수업

가난과 굶주림으로 사회로부터 완전히 고립된 개인의 삶은 말할 수 없이 황폐해진다.

노르웨이의 작가 크누트 함순이 1890년 서른두 살에 출간한 소설 《굶주림》은 최초의 실존주의 소설이자 20세기 심리 소설을 선도한 작품으로 평가받는다. 이 소설은 딱히 플롯이랄 것도 없이, 크리스티아니아(지금의 오슬로)를 떠돌아다니는 한 가난한 익명의 작가가 머릿속에 떠오르는 생각들을, 이른바 '의식의 흐름 기법'이라고 하는 독백 형식으로 전개한다.

《굶주림》은 극심한 가난이 유발하는 심리 현상에 초점을 맞춘다. 그리고 배고픔이 육체와 정신에 미치는 영향을 견디는 동안 체감하는 방향감각 상실, 통증, 피로감 같은 인간의 내면을 정교하게 묘사한다. 배고픔과 함께 다뤄지는 공허감이라는 개념은 현대성과 도시의 고립화에 대한 비판으로 쓰이기도 했다. 화자가 만나는 사람들은 혼자인 이들이 많고, 반감에 차 있으며 궁핍하기 때문이다.

《굶주림》은 또한 누구든 갇힐 수 있는 숨 막히는 제약을 은유를 통해 드러낸다. 화자는 자신이 다른 사람들보다 우월하다고 믿으며 스스로 사회에서 벗어나는 삶을 선택했지만, 그 역시도 허영심과 자만심 때문에 괴로워하고, 자존심 때문에 몇 번이나 자신의 절박한 상황을 숨기거나 스스로에게 타격을 줄 만한 선행을 무리하게 베풀기도 한다.

그래서 이 소설은 읽는 이를 불편하게 만든다. 특히 굶주림이 육체에 미치는 영향을 적나라하게 묘사한 대목들이 그렇다. 작가 함순이 생계를 꾸리기 위해 분투하던 신출내기 시절의 경험을 바탕으로 썼다는 이 작품은 그의 반자전적 소설로 알려져 있다.

《파멜라》

새뮤얼 리처드슨

줄거리

뛰어난 외모와 좋은 품성을 지닌 어린 몸종 파멜라는 모시던 여주인이 세상을 떠나자 그 아들의 집요한 농락과 구애에 시달리면서도 품위와 미덕을 지키기 위해 애쓴다.

책 속 인생 수업

인간적인 품위와 도덕을 지키고 자신의 신념에 충실하면 결국은 정당한 보상을 받게 될 것.

영국의 성공한 인쇄업자이자 훗날 저술가로도 활동한 새뮤얼 리처드슨의 소설 《파멜라》(1740)는 한 귀족 부인을 모시는 어리고 아름다운 몸종인 파멜라의 인생에 대한 이야기로, 전반부는 부모에게 보낸 편지글, 후반부는 일기의 도입부로 구성되어 있다. 여주인 B 부인이 세상을 떠나자 파멜라는 저택의 상속자인 B 부인의 아들 B씨를 모시게 된다.

B씨는 아름다운 파멜라를 유혹하려고 끝없이 작업을 걸어온다. 처음에는 선물 공세를 하다가 계속 퇴짜를 맞자 그보다 극단적인 방법들을 시도한다. 그러나 관음증적인 행위, 뇌물 공세, 성폭행, 납치 등 온갖 짓을 다 저지르고도 파멜라의 미덕을 훼손하는 데 실패한 뒤, B씨는 자신이 저지른 짓들이 그녀를 얼마나 고통스럽게 했는지 깨닫고 새로운 사람이 된다. 그리고 더 이상 그녀를 지배하려 들지 않겠다는 약속과 함께 그녀를 가족에게 돌려보낸다.

자신의 잘못을 사과하고 용서를 구하는 B씨의 편지를 받은 파멜라는 슬픔을 주체하지 못하는 자신의 모습을 발견하고 자신이 그와 사랑에 빠졌음을 깨닫는다. 그리고 B씨가 병들었다는 소식을 접한 뒤, 간병을 위해 그에게 돌아가고 훗날 B씨의 청혼을 받아들인다.

《파멜라》는 등장인물 내면의 생각과 감정을 탐구한 최초의 심리 소설 중 하나다. 출간 당시만 해도 이 책의 영국 계급 사회에 대한 묘사와 계급을 초월한 사랑이라는 내용은 상당히 체제 전복적이었고, 특히 신분을 초월하는 결혼은 대단히 비난을 받는 일이었다. 이 작품은 가정 폭력, 성폭행 그리고 남성의 여성에 대한 강압적인 지배를 다룬 최초의 소설이기도 하다. 이런 문제들에 대한 리처드슨의 실제 견해가 무엇이었는지는 분명치 않다. 아마도 그는 당시 유행하던 장르인 '품행 지침서(미덕, 예절, 도덕적 행동에 대한 안내서이자 자기계발서 비슷한 기능을 했던 지침서)'를 쓸 의도였을 거라는 것이 가장 가능성이 높다.

《죄와 벌》

표도르 도스토옙스키

줄거리

법학도였으나 형편이 어려워 학업을 중단한 빈털터리 청년이 계획 살인을 저지른다. 그는 악한 사람을 자신이 직접 처단했으므로 이 행위는 정당하다고 여긴다. 과연 그럴까. 죄와 속죄에 대한 다양한 인식과 팽팽한 갈등이 펼쳐지는 기념비적 소설.

책 속 인생 수업

합리주의는 헛된 것이다. 합리나 실리라는 말에는 인간 정신의 복잡다단함이 반영되지 않는 데다 죄책감이나 책임감, 정의감 같은 감정적 개념에 대한 고민이 빠져 있기 때문이다.

러시아의 대문호 표도르 도스토옙스키가 사형선고를 받은 뒤에 집필한 두 번째 작품인 《죄와 벌》은 로디온 라스콜니코프라는 가난하고 고뇌에 찬 젊은이가 부도덕한 전당포 노파를 살해하며 벌어지는 이야기다. 라스콜니코프는 자기 손으로 죽인 희생자보다 자신이 도덕으로나 지적으로 우월하다는 이유로 살인을 합리화한다. 심지어 노파의 물건을 훔칠 계획까지 세운다. 이 계획은 실용적인 측면에서 또 한 번 그의 범죄를 합리화해준다. 전당포 자매가 가난하고 절박한 사람들로부터 거머리처럼 뜯어낸 돈을 더 훌륭한 일에 쓸 수 있기 때문이다.

살인을 저지른 후, 라스콜니코프는 그 범죄의 외적, 내적 결과물을 감당하는 과정에서 생긴 정신적 충격과 괴로움 때문에 열병과 망상에 시달린다.

라스콜니코프는 도스토옙스키가 창조해낸 인물 중 가장 인상적이고 복잡한 인물로, 그의 우월감 콤플렉스나 자기도취증, 죄책감 없이 무슨 짓이든 할 수 있다는 믿음 등을 고려하면 반사회적 인격 장애의 증상들이 보이기도 한다. 그러나 그의 허무주의적인 주장에도 불구하고, 라스콜니코프는 선하고 너그러운 행동도 곧잘 하고, 지은 죄도 없이 억압받고 고통스럽게 사는 사람들에게 진심으로 공감하는 능력도 있다.

1867년에 출판된《죄와 벌》에 가장 큰 영감을 제공한 것은 당시 러시아 지성 사회의 급진적인 움직임에 대한 도스토옙스키의 불신이었다. 그는 당시 유행하던 극단적 합리주의와 실리주의 같은 '서구의' 철학적 경향을 따르는 것이 위험하다는 경고를 하기 위해 라스콜니코프라는 인물을 활용했다. 도스토옙스키에게 합리주의란, 이론적으로는 이성과 논리적 타당성을 따르는 것 같아 보이지만, 공감과 연민 같은 인간 본연의 마음에서 자발적으로 생겨나는 기독교적 정서를 억누르는 것이었다. 도스토옙스키는 《죄와 벌》에서 라스콜니코프의 행동과 몰락 그리고 최후의 구원을 통해 이 두 사상의 갈등을 보여주고 있다.

《양을 쫓는 모험》

무라카미 하루키

줄거리

지금은 양의 모습을 하고 있지만, 사람에게 깃들면 초능력을 발휘한다는 초자연적 영혼을 찾아 떠나는 모험.

책 속 인생 수업

정신적으로 한 단계 더 성장하면 진정한 자기 자신을 발견하고 수용할 수 있게 된다.

무라카미 하루키의 초기 청춘 3부작의 완결편인 《양을 쫓는 모험》은 이름 없는 화자인 '나'와 '쥐'라고 불리는 그의 친구의 모험을 따라간다. 1982년에 출판된 이 소설은 앞서 출판된 두 작품 《바람의 노래를 들어라》(1979)와 《1973년의 핀볼》(1980)과 함께 '쥐 3부작'이라고도 불리는데(이 소설들에는 주인공과 함께 친구 '쥐'가 공통으로 등장한다), 연계선상에서 함께 읽어도 좋고 독립된 작품으로 읽어도 무방하다.

《양을 쫓는 모험》은 무라카미 하루키를 문체와 장르 면에서 주목할 만한 작가로 세상에 알린 시초가 된 작품이다. 3부작의 전작인 두 소설은 어조나 목소리가 현실적이고 사색적인 반면, 이 소설은 초현실주의와 신비주의, 부조리를 뒤섞어 장르를 넘나드는 면모를 보인다. 이런 특징들은 훗날 하루키 작품의 트레이드마크가 되었다.

초자연적인 영혼(인간에게 깃들면 초능력을 선사한다는)에 사로잡힌 양을 찾으러 떠난다는 전체 줄거리는 흡사 탐정 소설을 연상시키고 신비주의적 면모도 갖추고 있다. 꿈같은 환각, 플롯의 과감한 전환, 내면의 독백과 철학적 사색을 통해, 하루키는 양을 찾아가는 길을 자아를 실현하고 상실을 포용하는 여정으로 만들었다.

이 작품은 동아시아 민속 문화를 바탕에 깔고 그 위에 하드보일드 스릴러 양식과 공상과학, 진지한 유머와 신비주의를 뒤섞어, 특정 장르로 분류되는 것 자체를 거부한다. 하루키가 취한 이런 문학 형식의 전복은 또 한 명의 악동, 커트 보니것(《제5도살장》 참고)을 떠올리게 만든다. 실제로 하루키의 작품은 일본 만화의 전통을 잇고 있기도 하지만, 커트 보니것의 영향을 받기도 했다.

《양을 쫓는 모험》은 현대 일본 사회, 특히 거대한 힘의 지배를 받고 사는 현대인들의 존재에 대한 시각을 탐구하기에 아주 좋은 입문서라 하겠다.

《도리언 그레이의 초상》

오스카 와일드

줄거리

영원한 젊음과 아름다움을 갖기 위해 자신의 영혼을 팔아버린 청년, 하지만 도덕관념의 부재와 향락주의에 젖은 그의 삶 때문에 결국은 젊음도 아름다움도 훼손되고 만다.

책 속 인생 수업

이기심과 허영 그리고 지나친 것을 바라는 삶은 불행과 자멸로 이어진다.

영국 빅토리아 시대를 대표하는 작가 오스카 와일드의 유일한 장편소설인 《도리언 그레이의 초상》은 바질 홀워드가 미모의 청년 도리언 그레이의 아름다운 초상을 그리는 것으로 시작된다. 자신의 젊음과 생기를 그대로 압축해놓은 듯한 그림을 본 순간, 도리언은 초상화 속의 청년과 자리를 바꾸어 자신이 영원토록 젊음을 간직하고 대신 초상화가 아름다움을 잃고 늙어가면 좋겠다고 말한다.

그런 그의 소망이 정말로 이루어지는 일이 일어나자 도리언은 향락에 빠진 삶을 살기 시작한다. 그는 자신에게 홀딱 반해 정신을 못 차리는 젊은 여배우 시빌 베인과 사랑에 빠지고 약혼까지 한다. 시빌은 도리언에게 완전히 마음을 빼앗긴 나머지 본업인 연기도 제대로 하지 못하게 된다. 그러자 도리언은 배우인 그녀의 연기를 사랑했던 것이기에, 이제 그녀는 자신에게 아무 의미도 없다고 말하고 그녀를 야멸차게 버린다. 그러고 난 뒤 집으로 돌아온 도리언은 초상화 속 얼굴이 냉혹한 경멸의 표정으로 바뀌어 있는 것을 발견한다. 자신의 행동과 그림의 얼굴 사이의 상관관계를 알게 된 도리언은 시빌과 화해를 결심하고 용서를 구하려 하지만, 상심한 시빌은 이미 스스로 목숨을 끊은 뒤다. 구원받을 기회를 잃어버린 도리언은 초상화를 방에 숨기고 문을 잠근 후 성에 집착하는, 방탕한 생활에 점점 더 깊이 빠져든다.

1891년, 이 작품을 출판하며 오스카 와일드가 쓴 소설의 서문은, 세기말의 위선적인 권위에 도전하는 예술 및 철학 운동을 지지하는 선언문이나 다름없다. “도덕적이거나 비도덕적인 책 같은 것은 없다. 잘 쓴 책과 못 쓴 책이 있을 뿐. 그게 전부다.”

오스카가 이런 서문을 쓰게 된 것은 그의 소설이 문학 잡지에 처음 발표됐을 때 향락주의에 대한 묘사와 동성애에 대한 암시 때문에 거센 논란에 휩싸였기 때문이다. 오스카는 서문을 통해 일종의 자기 변론을 한 것이다. 하지만 논란과 별개로, 《도리언 그레이의 초상》은 사실 무책임한 향락을 추구하다가는 참혹한 결과를 맞게 될 거라는, 상당히 도덕적인 메시지를 담은 작품이라 할 수 있다.

《프랑켄슈타인》

메리 셸리

줄거리

재능 있고 야심만만한 과학자 빅터 프랑켄슈타인은 인류에게 공헌하길 바라는 마음으로 인공 피조물에 생명을 불어넣는 실험에 성공한다. 그러나 흉측한 괴물이 된 피조물은 인간들과 자신의 창조주에게마저 거부당하고 복수를 시작한다.

책 속 인생 수업

과학이 미칠 파급력을 조금도 고민하지 않는 '창조주 놀이'는 위험하다.

진정한 인간다움이란 관계 속에서 소속감을 가질 때 꽃핀다.

1818년 메리 셸리가 겨우 열아홉이라는 나이에 집필한 《프랑켄슈타인》은 200년이 지난 지금까지도 과학기술의 명암을 얘기할 때 가장 먼저 거론되는 작품이다.

소설의 배경은 북극이다. 도입부는 북극 원정대를 이끄는 대장 로버트 월턴이 누이에게 보낸 편지글 형식으로 펼쳐진다. 월턴은 거대한 형체가 빙판에서 개썰매를 끄는 모습을 목격하고, 그로부터 몇 시간 뒤 영양실조와 저체온증으로 고통받는 빅터 프랑켄슈타인이란 남자를 만나게 된 이야기를 전한다.

그다음 화자로 나선 이는 프랑켄슈타인이다. 그는 과학 실험 끝에 인간을 닮은 피조물에 생명을 불어넣지만 그 결과물에 경악하고, 자신이 만든 괴물을 버리고 도피한 이야기를 고백한다.

세 번째 이야기는 괴물이 직접 화자가 되어 전하는 액자 형식으로, 아마도 그가 어느 시점에 빅터 프랑켄슈타인에게 했던 이야기로 추정된다. 괴물은 인간 세계에서 살아남기 위한 투쟁과 그를 목격한 사람들이 드러낸 공포와 적대감에 대해 이야기한다. 괴물은 자신을 방치한 빅터에게 원한을 품지만, 자신이 살길을 찾도록 도울 수 있는 사람 역시 자신을 창조한 빅터 프랑켄슈타인뿐이라는 생각에, 결국 그를 찾아간다. 그러나 자신이 만든 실험 결과물 때문에 정신적으로 괴로워하던 빅터는, 괴물을 위한 친구를 만들었다가 그것이 인류에게 악영향을 미칠까 두려워 다시 한번 자신의 창조물을 배신한다. 그리고 그의 이 결정은 일련의 살인과 죽음으로까지 이어지는 참혹한 싸움의 불씨가 된다.

종종 고딕 공포 소설로 분류되기도 하는 《프랑켄슈타인》은 최초의 공상과학 소설로 꼽히는 아주 독특한 고전이다. 남성 작가의 전유물로 여겨지던, 과학을 소재로 한 SF 장르는 놀랍게도 이 작품, 그러니까 19세기 천재 여성 작가 메리 셸리로부터 출발했다고 해도 과언이 아니다. 특히 유전공학, 인간복제, 생체실험 등의 복잡한 과학적 이슈를 정교하게 배치하고, '괴물'에 관한 다양한 해석의 여지를 남긴 점은 19세기에 쓰여진 작품이라고는 믿기지 않을 만큼 놀랍고 비범하다.

할리우드가 만든 프랑켄슈타인 괴물의 이미지

프랑켄슈타인의 '괴물' 하면 무엇이 떠오르는가? 보통은 거대한 머리, 인간 육체의 각 부분을 아무렇게나 꿰매고 볼트를 박아 고정한 다음 전기로 생명을 불어넣은 끔찍한 형상의 모습니다. 하지만 사실 이것은 메리 셸리가 처음 고안한 원조 괴물과는 거리가 있다. 소설에서 빅터 프랑켄슈타인이 무생물에 생명을 불어넣는 방법을 알아낸 후 2년에 걸쳐 인공 피조물을 만드는 데 사용한 것은, '해부실과 도살장에서' 찾은 동물의 신체 부위들이었다. 할로윈에 쓰는 가면이나 만화책에 등장하는 프랑켄슈타인 괴물의 이미지는 전적으로 할리우드가 만들어낸 것으로, 1931년 보리스 칼로프가 괴물로 출연한 영화 속 의상과 분장에서 비롯됐다.

《율리시스》

제임스 조이스

줄거리

1904년 6월 16일, 헝가리계 유대인 리어폴드 블룸이 딱 하루 동안 더블린 시내를 돌아다니며 겪는 잡다한 일상을 다룬 실험주의 모더니즘 문학.

책 속 인생 수업

인간의 의식은 기적과 같은 것. 평범한 경험 속에서 비범한 것을 볼 수 있게 해주고, 그것들이 삶을 소중하고 특별한 것으로 만들어준다.

20세기 모더니즘 문학의 새 지평을 열었다고 평가받는 제임스 조이스의 《율리시스》는 주인공 리어폴드 블룸, 그의 아내 몰리 블룸, 그리고 지인 스티븐 디달러스가 보낸 하루에 관한 이야기다. 열여덟 편의 에피소드로 구성된 이 소설의 각 부분은 고대 그리스 대문호 호메로스의 서사시 《오디세이아》의 등장인물, 사건과 상호 연관성을 갖고 있다(책 제목 '율리시스'는 《오디세이아》의 주인공인 '오디세우스'의 영어식 이름이다).

호메로스의 서사시에서 오디세우스는 아내에게 돌아가는 여정에 폭풍을 만나기도 하고, 배가 난파되기도 하며, 신과 괴물들을 만나기도 한다. 리어폴드 블룸은 아내에게 돌아가기 전, 그보다 훨씬 더 따분하고 일상적인 방랑을 하는데 이는 호메로스 서사시와 구조적으로 유사하게 의도적으로 배치한 것이다.

예를 들어, 오디세우스를 유혹하고 그에게 마법을 거는 마녀 키르케 대신, 《율리시스》에는 블룸과 디달러스가 들른 매춘굴의 주인 벨라 코헨이 등장한다. 호메로스의 작품 속 외눈박이 괴물 키클롭스는 《율리시스》에서 '시민Citizen'이라고만 알려진, 증오에 휩싸여 국수주의 수사에 '눈먼' 주정뱅이 반유대주의자로 풍자되고 있다. 블룸은 바니 키어넌 주점에서 그와 만나 논쟁을 벌인다. 키클롭스로부터 탈출하던 오디세우스가 뭍에서 멀어지며 그를 조롱하자 키클롭스가 배를 향해 거대한 바위를 던지는데, 《율리시스》에서는 주점에서 탈출하는 블룸에게 시민이 비스킷 깡통을 던진다. 이처럼 조이스는 《오디세이아》 서사시를 구조적 토대로 삼아 새로운 현대의 신화 《율리시스》를 창조해냈다.

1922년 《율리시스》가 출판되자 학자들과 비평가들은 그 언어의 혁신적이고 실험적인 활용에 숭배에 가까운 존경을 보냈다. 조이스는 고전의 인용뿐만 아니라 의식의 흐름, 언어유희, 문법 파괴, 특이한 구두점 등을 활용하여 인간 정신의 사고 과정을 복제하고 반영한다. 관점과 목소리의 변화, 기묘한 환각과 주의 전환 등을 통한 화법의 구조 역시 종종 장난스럽다. 언뜻 인간 의식의 환기 이외에는 이렇다 할 메시지나 목적이 없는 것 같아 보이지만, 《율리시스》의 등장인물들은 정치나 예술, 역사, 철학 그리고 종교를 포함한 거대한 주제를 고민하고 논한다.

작가가 의도한 바이기는 하지만 《율리시스》를 읽는 것은 지극히 어려운 일이다. 하지만 그 어려움을 극복하고 이 소설을 완독한다면 그에 상응하는 보답을 얻을 수 있다. 이 작품은 통찰력의 보고이자("역사는 내가 깨어나려고 발버둥 치는 악몽이다."), 경이로운 예술 작품이며 언어의 기묘한 매력을 담아낸 역작이기 때문이다.

《지킬 박사와 하이드》

로버트 루이스 스티븐슨

줄거리

어느 변호사가 자신의 친구 지킬 박사와 불가사의한 인물 하이드 씨 사이에서 발생한 일련의 이상한 사건들을 조사한다.

책 속 인생 수업

인간 본성에는 선과 악이라는 이율배반의 쌍둥이가 함께 존재한다. 그리고 이것이 우리 인간, 더 나아가 인류의 비극이다.

인간 내면의 근원을 탐구한 작가 로버트 루이스 스티븐슨이 1886년 출간한 대표작 《지킬 박사와 하이드》는 전형적인 고딕 중편소설로, 무대와 스크린에서 수없이 많은 작품으로 각색되었다. 소설의 큰 줄기는 가브리엘 존 어터슨이 자신의 친구 지킬 박사와 하이드 씨의 관계, 그리고 일련의 폭력 사건 뒤에 숨은 진실을 캐내는 과정을 중심으로 짜여 있다. 기술 방식은 본질적으로 어터슨이 추리를 담당하는 추리소설 형식으로, 작가는 전지적 화법을 내세우고 있지만 독자들은 어터슨의 생각, 의심, 설명을 통해 이야기를 듣는다. 후반부 이야기는 지킬과 하이드가 동일 인물임을 고백하는 두 통의 편지로 이어지는데, 한 통은 지킬의 친구 래니언 박사가 쓴 것이고 다른 하나는 지킬 자신이 쓴 것이다.

이 소설은 으레 선과 악의 대립으로 인식되지만, 중독에 대한 우화로도 읽을 수 있다. 처음에 지킬이 과학 실험에 착수한 이유는, 자신의 내면에 잠들어 있던 제2의 자아(하이드)가 지닌 어두운 충동들을 자신으로부터 분리해서 제거할 수 있을 거라는 믿음 때문이었다. 그러나 점점 하이드로 변신해 누릴 수 있는 자유와 방종에 중독되면서, 그는 다시 평상시 모습으로 돌아오기 위해 더 많은 약물을 필요로 하게 된다. 이는 약물이나 알코올 중독의 전형적인 패턴으로, 약물 의존도가 커져 점점 더 사람들을 기피하고, 자기 부정과 망상에 빠지는 지킬의 행동을 통해서도 분명히 드러난다.

이 소설의 또 다른 주제는 공적인 페르소나와 사적인 페르소나 사이의 괴리다. 스티븐슨은 명예롭고 점잖아 보이는 겉모습 뒤에 죄와 악이 숨어 있는, 빅토리아 시대 도덕률의 어두운 이면을 《지킬 박사와 하이드》를 통해 드러냈다고도 볼 수 있다.

《비뚤어진 도깨비》

에드거 앨런 포

줄거리

살인을 저지르고도 몇 년간 태연히 잘 숨기고 살아가던 한 남자가 어느 날 갑자기 걷잡을 수 없는 고백 충동을 느낀다.

책 속 인생 수업

인간 정신의 어두운 면은 사람들을 자기 파괴적인 충동으로 몰고 간다.

환상 공포 문학이라는 장르를 개척한 에드거 앨런 포가 1845년에 발표한 단편《비뚤어진 도깨비》는 충동과 광기, 정신분열, 정체성 혼돈 등 인간 심리의 복합성을 다루기 위해 수필 형식을 사용하고 있다.

한 남자가 치명적인 연기를 내뿜는 양초로 어떤 사람을 죽인다. 살인을 저지른 남자는 죽은 남자의 재산을 상속받고, 자신의 죄를 들키지 않은 채 여러 해를 보낸다. 그러던 어느 날,

그는 갑자기 자신의 죄악을 세상에 드러낼 수 있는 유일한 방법은 자발적인 고백뿐이라는, 비이성적인 생각에 사로잡힌다. 자기 파괴 충동에 빠져 헤어 나오지 못하게 된 이 살인자는, 결국 작가가 '비뚤어진 도깨비'라고 묘사하는 존재에 굴복하고 만다. 비뚤어진 도깨비란, 우리 정신의 어둠 속에 자리 잡고 있는 '작은 악마'로, 우리 머릿속에 파괴적인 생각들을 심어 넣는 존재다. 결국 그 남자는 살인을 고백하고 재판을 받은 후 교수형에 처해진다.

소설 속에서 에드거 앨런 포는, 벼랑 끝에 서 있다가 문득 뛰어내리고 싶은 알 수 없는 충동을 느끼는 어떤 사람의 예를 들어 이 이론을 추론해나간다.

> 우리는 벼랑 끝에 서 있다. 깊은 구렁을 가만히 들여다본다. 메스껍고 어지럽다. 첫 번째 충동은 위험 속에서 움찔 물러나고 싶은 마음이다. 그러나 알 수 없는 이유로 남아 있다. 그 정도 높이에서 곡선을 그리며 정신없이 떨어지는 느낌이 어떤 것인지 궁금한 것뿐이다. 바로 그런 이유로 우리는 강렬히 그것을 원하게 된다.

어떤 비평가들은, 에드거 앨런 포의 삶을 관통하는 자기파괴적인 행위를 지적하며 《비뚤어진 도깨비》와 《검은 고양이》 같은 단편들은 작가 자신의 내면에 움튼 악마들을 분석하고 탐구하려는 시도였을 거라고 해석하기도 한다. 독특한 소재, 서늘하고 무거운 어조로 이성만으로 설명되지 않는 인간 심리의 복합성을 포착한 에드거 앨런 포는 미국 단편소설의 시조로 불리는 동시에 현대 단편소설의 형식과 스타일을 정립해냈다.

5장

역사와 기억

마지막 장은 한편으론 중요한 역사적 사건들을 묘사하고, 다른 한편으론 기억과 회고록들을 다룬다. 모더니즘 작가 버지니아 울프와 윌리엄 포크너는 잃어버린 시간은 되찾을 수 없다는 비극성과 흘러가는 시간에 대한 공포를 지적하며, 기억을 인간 의식의 구조물로 보고 탐구했다. 블라디미르 나보코프와 아이리스 머독 그리고 앨리스 먼로는 기억의 역할을 창조적인 과정으로 보았으며, 시간이라는 프리즘을 통과해서 소환된 기억들이 과연 신빙성이 있는지 의문을 제기했다. 오르한 파묵은 사람들이 어떻게 물건이나 특정 대상에 기억을 불어넣는지 그리고 그런 것들이 과거를 보존하는 데 어떻게 도움을 주는지 탐구했다.

5장은 특히 남아프리카의 아파르트헤이트 시대, 인도의 독립운동 시기, 20세기 초 베네수엘라의 후안 비센테 고메스 독재 정권 시기와 같은 실제 역사적 시대를 배경으로 한 소설들도 여럿 다룬다. 이 소설들은 한 시대에 빛을 비추고, 역사적으로 중요한 사건을 우리에게 환기시키는 동시에 우리의 이해를 풍요롭게 해준다.

《소리와 분노》

윌리엄 포크너

줄거리

한때 존경받던 남부 명문가 콤슨가가 남북전쟁에서 패한 후 몰락해가는 과정이 세 형제의 서로 다른 생각과 기억을 통해 그려진다.

책 속 인생 수업

과거와 기억은 도려낼 수도 무시할 수도 없지만, 시간은 끊임없이 흘러가므로 마냥 과거 속에서만 살 수는 없다.

20세기 현대 문학의 지형을 바꾸었다는 평가를 받는 윌리엄 포크너의 네 번째 소설 《소리와 분노》(1929)는 그의 대표작이자 최고 걸작으로 꼽힌다. 이 소설은 예전 포크너의 문체와 철저하게 결별한 기점이 된 작품으로, 의식의 흐름이나 내적 독백, 다양한 화자를 등장시켜 다수의 서술 관점을 제시한 점 등 기존에는 볼 수 없었던 새로운 문학 형식을 시도했다.

소설은 총 4부로 이루어져 있고, 각 부는 각각 다른 화자가 등장한다.

1부는 대지주 가문인 콤슨가의 사남매 중 막내이자 발달장애를 앓는 벤지의 생각과 '기억들'이 기술되어 있다. 벤지가 앓는 정신적 장애 때문에 그의 기억은 일관성도 없고 순차적이지도 않다.

2부의 화자는 콤슨 형제의 장남이자 하버드 대학에 다니고 있는 가장 지적인 퀜틴이다. 퀜틴의 생각 역시 순차적이지 않고, 그의 불안과 신경증을 반영한다. 그는 소원해진 여동생 캐디에 대한 기억, 아버지로부터 느끼는 소외감 그리고 과거와 현재로부터 도피하기 위한 수단인 죽음에 대한 집착 사이에서 방황한다.

3부는 콤슨가 셋째인 제이슨의 생각과 의도를 다룬다. 제이슨의 이야기는 가장 순차적으로 기술되는데, 어쩌면 제이슨이 심리적으로 가장 복잡하지 않은 인물임을 반영하는 장치로 보이기도 한다. 냉소적인 데다 교활하고, 대놓고 인종차별주의자인 그는 조카의 양육비까지 횡령하며, 콤슨가의 도덕적 몰락을 대변하는 인물이다.

마지막 4부는 전지적 시점으로, 콤슨가 사남매를 키운 유모이자 집안 하인들의 어머니인 딜지가 중심인물이다. 흑인 여성인 딜지는 실질적으로 콤슨가를 지탱해나가는 인물로, 이 가문의 비정상적인 삶 속에서 유일하게 사랑의 중요성을 알고 이를 실천하는 사람이다. 신앙심이 깊은 딜지는 학대를 받고 혹사를 당하면서도 콤슨가에 충성스럽게 남아 벤지를 돌보고 교회에 데려간다.

《소리와 분노》는 읽기 쉬운 책이 아니다. 특히 벤지가 화자인 1부는 화자의 정신적 혼란을 반영하고 있어 갈피를 잡기 어렵다. 퀜틴이 죽은 날로 돌아가는 2부를 제외하고 소설의 '사건'은 모두 부활절 주간에 일어난다(이마저도 제이슨이 화자인 3부가 벤지가 화자인 1부보다 하루 앞선, 성 금요일로 역행하며 독자들의 이해를 방해한다).

각각 한 편의 단편소설 같은 네 화자의 서술은 각기 다른 관점으로 주요 사건을 구성해낸다. 독자는 네 사람의 진술이 모두 끝난 뒤에야 20년 전 콤슨가에 무슨 일이 일어났는지 비로소 퍼즐을 맞출 수 있다. 시간과 의식, 기억과 자각을 이용한 포크너의 의도된 서술 기법 이면에는 변화와 몰락 그리고 과거 속에서 사는 것의 불가능함에 대한 깊은 슬픔이 담겨 있다.

맥베스에서 따온 소설 제목

《소리와 분노》의 제목은 셰익스피어의 희곡 《맥베스》에서 아내 레이디 맥베스가 자살했다는 소식을 들은 맥베스의 독백에서 따온 것이다.

'인생은 단지 걸어 다니는 그림자
그것은 백치가 떠드는 이야기
소리와 분노로 가득하고
아무런 의미도 없지.'

'백치가 떠드는 이야기'는 정신 장애가 있는 벤지의 머릿속 생각을 다룬 소설의 1부와 관계가 있다. 퀜틴의 죽음을 맞은 콤슨 일가의 무심한 반응에는, 아내의 자살 소식에 이상할 정도로 조용하고 허무주의적인 반응을 보인 맥베스의 모습이 반영되어 있다.

《바다여, 바다여》

아이리스 머독

줄거리

극작가이자 배우, 연극 연출가였던 한 남자가 자신의 회고록을 쓰기 위해 바닷가로 이사하고, 그곳에서 첫사랑을 만나 비정상적인 집착에 빠진다.

책 속 인생 수업

기억은 신뢰할 수 없는 것인지도 모른다. 또한 아름답지만 위험한 바다처럼, 인생이란 복잡하고 예측하기 어렵다.

1978년 출간과 함께 부커상을 수상한 아이리스 머독의 《바다여, 바다여》는 런던 연극계에서 은퇴한 찰스 애로비의 이야기다. 그는 어느 한적한 바닷가 오두막에 터전을 잡고 고독 속에서 건강히 잘 챙겨 먹으며 자신의 회고록을 쓸 계획이다. 그런데 애로비가 예전에 사귀었던 연인들이나 동료들을 만나면서 허영심 많고, 오만하고, 자기 자신에게만 몰두하는 애로비 특유의 망상과 자기기만이 드러난다. 그는 허영과 옹졸한 질투, 집착이라는 덫에 빠져 결국 자신이 아끼는 사람을 잃는다.

애로비는 타인의 생각과 감정을 알아보고 이해하는 능력이 없는 반사회적 인격 장애자로, 실제 현실이나 현재 자신의 인간관계, 행동에 대한 고려는 거의 없이 자신의 옛사랑을 이상화하는 데 만족한다.

작가는 회고의 형식을 통해, 기억이란 것은 언제나 현재의 경험이라는 필터를 통해 걸러지며 시간의 흐름과 함께 변할 수 있다는 것을 보여준다. 소설의 말미에서 시골의 삶에 환멸을 느낀 애로비는 런던으로 돌아오고, 기억이란 것이 신뢰할 수 없으며 때로는 부풀려지고 왜곡된다는 점을 돌아본다.

> 풀어진 실의 양쪽 끝은 절대 제대로 묶을 수 없다. 끝 부분은 계속해서 또 풀어지기 마련이니까. 시간은, 바다와 마찬가지로 모든 매듭을 풀어버린다. 사람들에 대한 판단 역시 최종이란 있을 수 없다. 그들은 우리가 정리한 모습에서 끊임없이 벗어나, 다시 생각하지 않고는 그들을 정의할 수 없게 만든다.

아이리스 머독은 현실의 복잡함과 자유 그리고 선(善)에 대해 지속적으로 성찰해온 작가다. 《바다여, 바다여》는 자기기만 때문에 광기 직전으로 치닫는 인물의 정신을 매혹적으로 탐구하고 있다. 본질적으로는 복잡다단한 인간의 삶을 다룬 심리 소설이지만 장면 곳곳에 음울한 유머를 숨겨두어, 읽을수록

치밀하면서도 아름답다.

특히 해안가와 바다에 대한 묘사는 마법적이고 신비롭기까지 하다. 바다는 이 소설에서 주요한 배경으로 작품을 관통하는 메시지가 담겨 있다. 머독은 폴 발레리의 시를 특히 좋아했고 그중에서도 "항상 다시 시작하는 바다여, 바다여(La mer, la mer, toujours recommencee)"라는 구절을 아꼈다고 한다. 소설의 제목은 이 시의 한 구절에서 따온 것이라고.

《댈러웨이 부인》

버지니아 울프

줄거리

1차 세계대전 이후 어느 상류층 주부가 파티를 준비하는 하루 동안 펼쳐지는 그녀의 생각, 감정, 기억과 꿈에 대한 이야기.

책 속 인생 수업

사회의 명령이나 지시대로만 살아간다면 만족은커녕 상실감에 짓눌려 살게 된다. 세상의 급격한 변화 속에 적응하면서, 동시에 자신을 지켜내기란 정말 어렵다.

의식의 흐름에 따른 이 소설은 런던 사교계 명사인 클래리사 댈러웨이의 하루를 따라간다. 1925년 출간된 버지니아 울프의 대표작인 《댈러웨이 부인》은 문학의 전통적인 관점에서 볼 때 플롯이란 것이 존재하지 않고, 댈러웨이 부인이 마주치는 인물들의 생각과 감정, 기억과 꿈을 통해 묘사되는 사건과 순간들로 구성되어 있다.

클래리사와 별개의 인물로 등장하는 또 다른 주인공 셉티머스 스미스는 1차 세계대전에 참전했다가 외상 후 스트레스 장애에 시달리는 남자다. 클래리사와 셉티머스는 만나지 않지만(둘은 서로 알지 못한 채 거리에서 스쳐지나가기만 한다) 두 사람은 서로의 또 다른 자아 혹은 '대역배우' 역할을 하며 서로의 생각에 반영된다. 두 사람 다 자신의 개성이 억압받고 손상되었다는 생각을 갖고 있고, 과거의 잘못된 선택을 후회하며 살아간다. 클래리사는 사회적, 경제적 편의를 위해 리처드와 결혼한 것을, 셉티머스는 잘못된 애국주의와 감상적 영웅주의에 빠져 군대에 입대한 것을 후회한다. 참담한 회한과 자신들을 괴롭히는 기억들 때문에 클래리사와 셉티머스는 정신 질환까지 앓게 된다.

시간과 기억은 《댈러웨이 부인》 전반을 관통하는 중요한 주제이자 모티프이다. 빅벤의 종소리는 규칙적인 간격으로 소설에 개입하며 클래리사가 병적으로 두려워하는 것, 바로 시간이 계속 흘러간다는 사실을 강조한다.

이 소설은 결코 단순하지 않다. 비평가들 중에는 제임스 조이스의 《율리시스》와 어깨를 나란히 하는, 혹은 그 작품에 답안을 제시하는 소설이라는 의견을 낸 사람들도 있다. 두 소설은 모두 하루에 일어난 일에 대한 이야기이고, 다양한 시점으로 전개된다는 면에서도 비슷하다. 그리고 두 작품 모두 모더니즘 문학으로 20세기 영미 문학의 신기원을 이루어내며, 인간 의식을 묘사하는 새로운 방법을 제시한다.

《도냐 바르바라 Doña Bárbara》

로물로 갈레고스

줄거리

어느 고학력 변호사가 베네수엘라의 가족 농장으로 돌아온다. 그러나 농장은 폭군 같은 새 땅 주인에게 넘어가 있고 그 때부터 농장을 둘러싼 힘겨루기가 시작된다.

책 속 인생 수업

진보와 현대성은 원시와 야만성을 극복하는 과정을 통해 얻은 것이다.

1929년에 출간된 로물로 갈레고스의 대표작 《도냐 바르바라》는 변호사 산토스 루자르도가 아버지의 땅을 되찾기 위해 싸우는 과정을 담은 이야기다. 베네수엘라 평원의 가족 농장으로 돌아온 그는 평판이 무시무시한 도냐 바르바라라는 여자로부터 농장을 빼앗겼다는 사실을 알게 된다. 루자르도는 원래 그 땅을 팔 생각이었지만 그곳에 남아 법적 수단을 활용해 땅을 되찾기로 결심한다.

루자르도와 도냐 바르바라 사이의 싸움은 베네수엘라 시골 황야의 정신을 위한 투쟁의 은유다. 산토스 루자르도는 20세기 초 남아메리카 여러 지역에서 일어난 근대화 운동을 대변하는 인물이다. 도시의 교육받은 전문직 계층은 농촌 주민들을 개화해서 부족 체제나 지역의 '힘 있는 자'들로부터 이들을 구제하고자 했다. 도냐 바르바라는 공포와 미신이 지배하던 시골의 힘과 폭력이 만연한 사회, 즉 과거의 야만성과 잔혹성을 대변한다.

갈레고스의 소설은 부분적으로는 베네수엘라의 사회, 즉 정치적 알레고리로 읽을 수도 있다. 1920년대 베네수엘라는 독재자 후안 비센테 고메스의 지배를 받았다. 그는 당시 발견된 석유 자원으로 막대한 수익을 얻고 일부 지역을 근대화하며 소수의 엘리트 계층에게만 부와 특권을 몰아주었다. 그러나 그의 정권은 부패했고, 특히 재야 인사들에게는 잔혹함을 숨기지 않았다.

《도냐 바르바라》는 베네수엘라 문학의 걸작이자 20세기 중남미 문학의 준고전으로 꼽힌다.

《버거의 딸 Burger's Daughter》

나딘 고디머

줄거리

남아프리카 공화국 아파르트헤이트 시대를 사는 네덜란드계 여성이 포로로 사망한 정치 운동가 아버지가 남긴 유산을 포용하고 정치의식을 갖게 되는 여정.

책 속 인생 수업

개인의 정체성을 지키려는 욕구가 사회적, 정치적 책임 때문에 위협받을 때 갈등과 긴장이 시작된다.

남아프리카 대표 작가이자 노벨문학상 수상자인 나딘 고디머가 1979년 출간한 《버거의 딸》은 1970년대 남아프리카 공화국에 사는 로사 버거의 이야기로 시작된다. 로사의 부모는 유명한 백인 정치 운동가로, 아파르트헤이트에 저항하며 흑인 국민들의 평등을 위한 시위에 평생을 바쳤다.

소설은 1인칭과 3인칭 시점을 넘나들며 회상을 통해 로사의 어린 시절을 다룬다. 로사는 정치적 탄압을 받는 자들과 가난한 자들의 안식처였던 가정에서 성장했다. 그러나 소설은 로사의 아버지가 세상을 떠난 후 부모의 정치적 입장과 거리를 두려는 로사의 시도를 다루는 데 대부분을 할애한다. 그녀의 출신과 그녀를 아는 사람들(주로 부모의 동지들) 때문에 그녀는 남아프리카 공화국의 감시를 받는 처지이며, 여권 발급마저 거부당한다. 결국 힘 있는 지인의 도움으로 로사는 프랑스를 방문할 수 있는 서류를 취득하고, 그곳에서 망명을 계획한다.

존경받는 '혁명가의 딸'이라는 부담에서 벗어나 얼마간 자신이 원하던 삶을 살아가던 로사는 런던에서 휴가를 보내던 중 아파르트헤이트 관련 정치 모임에 참석하게 된다. 그리고 그곳에서 우연히 만난 어린 시절 친구가 잠들어 있던 그녀의 정치의식에 불을 붙인다.

《버거의 딸》은 아파르트헤이트 체제의 잔혹성과 그것에 저항하려는 노력을 그린 소설이지만, 한 여성이 자신의 정체성과 도덕적 의무를 받아들이는 이야기이기도 하다. 고디머는 평생에 걸쳐 남아프리카의 인종차별에 대한 문제의식을 작품 속에 녹여냈다.

《한밤의 아이들》

살만 루슈디

줄거리

인도가 영국의 식민 지배에서 막 벗어난 시점에 태어난 두 아이의 뒤얽힌 삶을 섬세하게 풀어낸 포스트모던 소설.

책 속 인생 수업

오랜 세월 식민지로 탄압받던 문화는 정체성을 되찾기까지 시련이 불가피하다. 개인도 마찬가지다.

1981년 출간된 살만 루슈디의 대표작이자 부커상을 세 번이나 수상한 소설《한밤의 아이들》은 인도가 영국의 지배로부터 독립하기 전후 몇 년을 배경으로 시나이 가문 삼대의 이야기를 들려준다.

1947년 8월 15일 자정, 인도가 독립하는 순간에 신비로운 능력을 지닌 1,001명의 아이들이 태어났다. 그중 12시 정각에 태어난 살림 시나이는 신생 독립국 인도와 운명을 함께하게 된 축복(어떤 면에서는 저주)받은 존재다. 살림은 낮에는 피클 공장에서 일하고, 밤에는 충직한 친구 파드마의 도움을 받아 '옛날 옛적에'로 시작하는 환상적인 이야기들을 풀어낸다.

격변의 20세기 인도 역사의 굵직한 사건들을 배경으로 한 살림의 '자서전'에는 근대 인도의 혼란과 불화가 '살림의 이야기'라는 프리즘을 통해 생생히 드러난다. 지역 사회와 계층 사이의 분열, 이견, 긴장 그리고 전통 가치와 근대화의 영향 사이에서 발생하는 종교적 광신주의와 갈등이 바로 그에 해당한다.

《한밤의 아이들》에서 루슈디는 화자의 자기 반영성(작가가 자신의 위상과 특성을 의도적으로 실험하고 작품에 반영하는 것—옮긴이) 혹은 자아성찰 등 다양한 포스트모던 문학적 장치들을 선보인다. 특히 이런 장치의 효과는 살림의 기억들을 신뢰하기 어렵다는 점 때문에 더 강조된다.

소설에는 살림의 기억이 틀리거나 역사적 사실을 부정확하게 기억하는 대목이 여러 번 나온다. 처음에 살림은 자신의 잘못된 기억들이 정신 건강이 나빠지고 있다는 신호일까 봐 초조해하지만, 결국은 그 사건들에 대한 자신의 기억이 개인적 진실을 대변한다는 결론을 내리고, 바로잡기를 거부한다. 이런 면에서 '기억'은 창조적 행위가 되고, 살림이 자기 정체성과 자기만의 역사 더 나아가 자기 세계를 구축할 수 있는 자유를 되찾게 해준다.

《한밤의 아이들》은 장르를 넘나드는 복잡한 소설이다. 루슈디는 이 소설에서 사실과 허구, 희극과 비극, 판타지와 현실을 뒤섞어 인도가 식민 지배에서 벗어나 독립과 분할에 이르는 여정을 묘사하는 우화를 만들어냈다.

《순수 박물관》

오르한 파묵

줄거리

배경은 1970~80년대 이스탄불. 상류층의 부유한 남자 케말은 약혼자가 있지만 신분이 낮은 상점 점원 퓌순을 만나 열정적인 사랑에 빠진다. 자신의 계급에 대한 사회적 기대치와 퓌순을 향한 걷잡을 수 없는 마음 사이에서 어쩔 줄 몰라 하던 케말은 평생의 사랑을 잃은 후에야 서로의 사랑을 상기시키는 물건들을 수집하는 것으로 그녀를 되찾기 시작한다.

책 속 인생 수업

추억이 깃든 물건들은, 거침없이 흘러가는 시간 속에서 잃어버린 것들을 상기시키는 강력한 힘을 지니고 있다. 과거를 되살리는 것이 불가능하다는 게 비극일 뿐.

출간되자마자 거의 모든 나라에서 베스트셀러에 등극한 오르한 파묵의 소설 《순수 박물관》(2008)은 계급 차이라는 외부

압력 때문에 금지된 사랑에 빠진 남녀의 흔한 이야기로 시작된다.

케말은 이스탄불의 부유한 집안에서 태어나 좋은 직장에 다니는 모자람 없는 남자다. 그는 연인의 선물을 사러 갔다가 그곳에서 가난한 친척 딸 퓌순을 만나고 그녀에게 끌린다. 그러나 집안에서 맺어준 여자와 약혼을 한 뒤 자신이 사랑한 퓌순이 자취를 감추자, 케말은 깊은 절망에 빠진다. 그리고 이때부터 소설은 작정한 듯 어두운 분위기로 변한다. 시간이 얼마간 흐른 뒤 마침내 두 사람은 다시 만나긴 하지만, 그들은 오로지 퓌센이 정하는 조건 아래서만 만날 수 있다. 예전의 열정에 다시 불을 붙이려고 필사적으로 노력하는 케말은 급기야 그녀의 집에서 물건을 훔치기 시작하는데, 이 행위는 '그녀를 되찾기 위한' 시도를 상징한다.

파묵의 소설은 독특한 사랑 이야기이기도 하지만 한편으로는 철학에 관한 논문이기도 하다. 파묵은 기억이 시간에 왜곡되거나 회상의 장밋빛 렌즈에 물들지 않게 제대로 보존하는 법을 탐구한다. 동양의 오랜 전통문화와 서구 현대의 상업적, 물질적 문화 사이의 충돌이라는 역사적 배경 역시 파묵 소설의 핵심 주제로 꼽힌다. 《순수 박물관》은 기억, 회한 그리고 여성의 정체성을 다룬 멜랑콜리하고 비극적인 사랑 이야기다.

순수 박물관에 입장하시겠어요?

소설의 마지막에 케말이 만든 '순수 박물관'은 이스탄불에 실제로 존재한다. 파묵은 소설을 발전시키는 과정에서 진기한 물건들을 수집하기 시작했는데, 때로는 어떤 물건이 새로운 이야기에 영감을 불어넣기도 했고, 때로는 소설에 이미 존재하는 장면을 잘 구현하기 위해 물건을 찾기도 했다. 원래 박물관의 수집품들은 2008년 소설의 출판을 기념하는 전시를 위한 것들이었는데, 문학에 대한 파묵의 개념이 확장된 4년 뒤 실제로 박물관이 개관된 것이다. 박물관에는 소설과 관련 있는 83점의 전시품이 소장되어 있다. 그중에는 소설 속에 묘사된 물건들도 있고, 1970년대 이스탄불을 연상시키는 수집품들도 있다.
이 소설의 마지막 장에는 이 박물관의 입장권이 들어 있어 《순수 박물관》을 들고 가면 박물관에 무료 입장할 수 있다.

《위대한 인도 소설The Great Indian Novel》

샤시 타루르

줄거리

고대 인도의 대서사시 《마하바라타》를 인도의 독립운동 시기부터 독립 후 10년에 이르는 현대 인도사로 옮겨 와 재창조한 풍자 역사 소설.

책 속 인생 수업

마하트마 간디가 말했듯 '평화는 갈등의 부재가 아니라 갈등을 해결하는 능력'에 있다.

《마하바라타》는 샨타누 왕의 계승권을 두고 두 왕족 세력인 판다바와 카우라바가 맞서는 갈등을 다룬 고대 인도의 서사시다. 1989년에 출간된 《위대한 인도 소설》은 바로 이 토속 신화를 인도 현대사를 풀어내는 장치로 활용하고 있다.

소설의 제목은 여러 가지 의미를 암시하는 과장된 말장난이다. '위대한 인도 소설'은 '위대한'의 의미인 '마하'와 인도의 다른 이름인 '바라타'로 만들어진 조합이다. 샤시 타루르는 인도의 신흥 민주화 운동을 개인사와 정치사로 얽히고설킨 집단과 개인 간의 갈등으로 묘사하고 있으며, 소설 속 등장인물들은 《마하바라타》의 인물들과 종종 풍자적인 연관성을 맺고 있다. 예를 들어, 인도의 민족운동 지도자 마하트마 간디는 샨타누 왕의 독신주의 아들인 비슈마와 연결되어 있고(간디는 순결주의자였다), 서사시 속 하스티나푸르의 눈 먼 왕 드리타라슈트라는 '눈 먼 이상주의자'라는 별명을 가진 인도 애국주의 정치가 자와할랄 네루로 연결된다.

타루르는 패러디와 아이러니, 암시와 재담을 뒤섞어 역사적 소재들만큼이나 복잡하게 뒤얽힌 서사를 엮어냈다. 그는 진정한 풍자를 위해 현대 인도의 역사와 문화의 다양한 면면으로 눈길을 돌린다. 그리하여 예전에는 '신성한 소'로 여겨지던 것들도 풍자 대상으로 삼아, 간디에 대해서도 빈정거리는 불경한 묘사를 서슴지 않는다.

《마하바라타》와 인도 현대 정치사에 친숙한 사람이라면 《위대한 인도 소설》을 읽는 것이 어렵지 않겠지만, 배경 지식이 없는 일반 독자들에게는 조금 난해할 수 있다. 하지만 타루르가 조롱한 대상들을 조사하고 연구하며 읽어나간다면 이 기발하고, 재미있고, 배울 것 많은 작품으로부터 분명 충분한 보상을 받을 수 있을 것이다.

《창백한 불꽃》

블라디미르 나보코프

즐거리

999행의 시와 머리말, 해설 그리고 주석의 형태로 엮은 돈과 광기, 죽음에 관한 실험적인 소설.

책 속 인생 수업

기억은 이야기의 구조로 정리되는 예술적 구조물이다. 따라서 때론 신뢰할 수 없는 환상일 수도 있다.

《창백한 불꽃》은 포스트모던 소설과 모던 메타픽션의 선례가 된 실험적인 작품이다. 1962년 출간된 이 '소설'('현실reality'마저도 객관적이지 않고 관점에 따라 해석이 달라질 수 있으므로 언제나 인용부호 안에 써넣어야 한다고 냉소적으로 말했던 나보코프는 아마 이 따옴표에도 찬성할 것이다)은 999행의 미완성 시를 이해하기 위해 주석자의 해석에 의존할 수밖에 없는 독자의 위치를 이용한, 일종의 게임 같은 파격적인 작품이다.

미완성 시를 남긴 것은 존경받는 미국의 노시인 존 셰이드다. 그는 비극과 상실로 얼룩진 자신의 인생을 반영하고, 자연의 본질에 대한 철학적 사색을 담은 일생의 대작 〈창백한 불꽃〉을 마무리하기 직전에 살해당하고 만다. 그 작품을 채 가버린 것은 동료 교수인 찰스 킨보트다. 그는 이 유고 시에 주석을 붙여 완전히 다른 이야기를 할 작정이다(킨보트가 제정신인지 아닌지는 알 수 없다).

'언어의 마술사'라고 불리는 나보코프의 이 걸작은 특정 장르로 귀속되는 것을 의도적으로 거부하는 다차원적 작품이다. 총 네 편으로 구성되어 999행까지 쓰여진 〈창백한 불꽃〉은 영국 고전주의의 대표 시인인 알렉산더 포프의 운문 형식을 완벽하게 패러디했고, 로버트 프로스트(미국 시인으로 유명한 시 〈가지 않은 길〉이 있다—옮긴이)의 목가적이고 고백적인 문체가 더해졌다. 그리고 그 중심에는 존 셰이드의 딸이 스스로 생을 마감한 슬픈 이야기가 있다.

킨보트의 거칠고 망상 가득한 주석은 재미와 슬픔, 어둠이 동량으로 들어 있고 기발한 암시, 장난, 의도적인 기만, 실수 그리고 교활한 농담으로 가득하다. 이런 장치들은 일반 독자들은 까딱하면 놓치고 넘어가기 쉬운 것들이다.

일례로, 셰이드가 돌아가신 고모의 침실 속 물건들을 묘사하는 장면에서 야구 경기의 홈런을 뜻하는 '채프먼의 호머Homer(홈런의 구어—옮긴이)'를 다룬 신문 기사를 언급하는데, 킨보트는 이 구절에 영국 낭만주의 시인인 존 키츠의 소네트

(14행의 짧은 시로 이루어진 서양 시가—옮긴이) 《채프먼의 호메로스를 처음 읽고On First Looking into Chapman's Homer》 제목을 인쇄기가 잘못 찍은 것이라고 주석을 붙이는 식이다.

킨보트가 농담을 인식하거나 이해하는 데 실패한다는 사실은 예술의 의미와 해석에 대한 중요한 질문을 제기한다. 그럼에도 그가 존 키츠를 인용한 것은 전혀 근거 없는 선택은 아니다. 그 소네트 자체가 예술이 인간의 영혼에 불어넣는 힘과 경이로움 그리고 《창백한 불꽃》처럼 아찔할 정도로 훌륭한 소설을 읽을 때 느낄 수 있는 엄청난 황홀감에 대한 예찬이기 때문이다.

《봄눈》

미시마 유키오

줄거리

신흥 중상층 가문의 아들 기요아키 마쓰가에와 저물어가는 귀족 가문의 아름다운 딸 아야쿠라 사토코의 비극적 사랑 이야기.

책 속 인생 수업

과거의 저물어가는 문화와 전통은 새로운 시대의 가치들과 충돌을 피하기 어렵다.

1969년 출간된 미시마 유키오의 《풍요의 바다》 4부작 중 제1권인 《봄눈》은 일본의 격변기이자 문화 과도기였던 1912년 도쿄를 배경으로 한다.

주인공 기요아키는 일본 신흥 중상층 가문의 감수성 예민한 청년으로, 명문 귀족 가문의 딸 사토코와 사랑에 빠진다. 하지만 사토코의 집안에선 관습에 따라 정략결혼을 추진한다. 자식으로서 마땅히 전통적인 구애와 약혼 절차에 순종해야 하는 사토코는 황족의 왕자 하루노리 토인과 약혼을 하게 된다. 사토코에 대한 강렬한 감정 때문에 한때 겁을 먹기도 하고 혼란에 빠져 그 감정을 거부하기도 했던 기요아키는 약혼 소식을 듣고 사토코에 대한 자신의 진정한 사랑을 깨닫는다. 그리고 그 두 사람은 격정적인, 그러나 불행으로 치달을 수밖에 없는 금지된 사랑을 시작한다.

《봄눈》은 일본이 고립된 봉건제도에서 벗어나 서구화의 영향을 체감하던 시기를 배경으로 사적인 삶과 공적인 삶 사이의 갈등, 과거와 현재의 마찰을 탐구한다. 더불어 감정의 노예가 되어 고통을 당하는 한편, 사회적 구속과 관습의 제약에서 자유롭지 못한 개인들의 삶을 진단하고 있다. 강렬한 우아미 가득한, 슬픔의 실존적 드라마인 이 작품에는 자연에서 비롯된 생생한 상징주의 그리고 존재의 의미나 사랑과 죽음의 본질에 대한 철학이 가득하다.

《남아 있는 나날》

가즈오 이시구로

줄거리

영국 대저택의 집사가 전 동료로부터 한 통의 편지를 받고 여정에 오른다. 그 길에서 집사라는 직업에 헌신해온 자신의 생애를 돌아본다.

책 속 인생 수업

감정을 부인하고 억누르고 살면 잃어버린 기회와 잘못된 발걸음에 대한 후회를 피할 수 없다.

1989년 발표된 가즈오 이시구로의 대표작《남아 있는 나날》은 영국의 장원저택인 달링턴 홀에서 평생 집사로 일해온 노년의 스티븐스가 쓴 일기 형식으로 기술된다. 스티븐스는 어느 날 예전에 함께 일했던 동료 켄턴 양의 편지를 받고 오랫동안 잠들어 있던 감정이 깨어남을 느낀다. 그는 매각 위기에 빠진 달링턴 홀에 살림을 총괄할 사람이 필요하다는 소식을 듣고 새 미국 주인의 권유와 양해 덕분에 짧은 휴가를 떠난다. 예전 동료인 켄턴 양을 달링턴 홀에 다시 돌아오도록 설득하는 것이 목적이다.

영국의 전원 속을 차로 달리는 동안 스티븐스는 자신의 지난 삶 그리고 세 사람과의 관계를 회상한다. 자신의 아버지, 오랜 세월 자신의 주인이었던 달링턴 경 그리고 켄턴 양.

스티븐스는 오랜 세월 헌신적으로 달링턴 경을 섬기지만, 2차 세계대전 시기에 그가 나치 지지자였다는 사실을 알게 된다. 그럼에도 여전히 변함없이 주인(그전까지는 훌륭한 인격을 갖춘 사람으로 믿었던)에게 충실하지만, 어쩌면 주인의 진정한 됨됨이를 잘못 본 것은 아니었는가에 대한 번뇌가 시작된다.

목적지에 가까워지면서 스티븐스와 켄턴 양의 관계에 얽힌 더 자세한 사정과 생각들이 드러난다. 두 사람은 서로에게 끌렸고 사랑의 감정을 느꼈지만, 직업적 사명 때문에 그것을 억눌러왔다. 과거 스티븐스는 감정에 충실할 수 있었으나 신중한 성격과 직업에 대한 책임 때문에 켄턴 양과 관계를 더 진전시키지 못했다. 그리고 황혼을 맞은 지금에서야 스티븐스는 자신이 놓친 것들을 깨닫고 깊은 회한에 잠긴다.

《남아 있는 나날》에서 이시구로는 자신의 삶을 의무와 봉사에 바친 한 남자의 감동적이고 슬픈 초상을 그려낸 것은 물론, 숨 막히는 위계를 주입하는 계급 제도가 개인이 행복과 성취감을 누릴 기회를 어떻게 좌절시키는지 잘 보여준다.

《길 위에서》

잭 케루악

줄거리

지난 관습으로부터 해방되기 위해 미국 대륙 횡단 여행을 시작한 한 청년이 그 여정에서 만나고 헤어지는 사람들의 가지각색 삶과 풍경을 그려낸다.

책 속 인생 수업

현재에 충실한 삶을 사는 것은 자유를 향한 여정의 중요한 과정이다.

비트 문학의 선구자인 잭 케루악이 1957년 펴낸 《길 위에서》는 화자이자 작가인 샐 파라다이스와 개성 강한 자유로운 영혼 딘 모리아티의 네 차례에 걸친 미국 횡단기다. 그 길 위에서 두 남자는 사랑을 하기도 하고, 파티를 즐기기도 하고, 단기 아르바이트를 하기도 하고, 약물을 하고 재즈를 듣기도 한다. 재즈는 정말이지 실컷 듣는다.

이 소설은 케루악이 '비트 세대Beat Generation'라 일컫는 2차 세계대전 직후 초기 저항문화의 선언문 같은 작품으로, 어쩌면 그 특정 시기 미국 문화사에 대한 회고록이라는 견해가 가장 타당할 수도 있겠다.

케루악이 '비트 세대'라 칭한 세대는 경제대공황과 2차 세계대전을 관통한 청년들로, 많은 이들이 거대한 사회 조직의 한 부속품으로 전락하는 것을 거부하며 전통적인 사회의 족쇄에서 벗어나, 직접 체득한 경험으로 충족감을 얻는 대안적 삶을 찾고자 했다.

케루악은 의식의 흐름 기법을 쓰고 있는데, 특히 재즈 뮤지션들의 자연스럽고 즉흥적인 가사를 통해 단어의 소리와 구두점을 실험적으로 사용하며 독특한 문체를 빚어냈다. 케루악은 특히 자기 작품의 편집에 반대하는 것으로 유명했다. 자기가 써 내려간 글은 순수한 영감으로 탄생한 것이므로 그 글을 고쳐 쓴다는 것은 곧 '자기검열'과 다르지 않다는 믿음 때문이었다.

《길 위에서》는 저항문화의 바이블이자 대안적 삶을 위한 선언문이라는 명성을 가진 작품이지만, 본질적으로는 우정의 끈질긴 힘, 여행을 하고 경험을 공유할 수 있는 자유 그리고 이런 가치를 통한 정서적, 영적 즐거움에 관한 책이다.

32억짜리 초고 두루마리

케루악은 타자기 크기에 맞게 자른 타자지를 40미터 길이로 이어 붙여 《길 위에서》의 원고를 완성했다.
1951년 4월, 커피와 벤제드린이라는 각성제 그리고 콩 수프에 의존해 잠도 거의 자지 않고 20여 일 만에 즉흥적으로 써 내려간 《길 위에서》 초고는 현재 두루마리 형태로 전시되고 있다. 2001년 열린 크리스티 경매에서 어느 사업가가 케루악의 초고 두루마리를 무려 243만 달러(32억)를 주고 구입한 것이다. 이 낙찰가는 당시만 해도 원고로는 최고가였다.
이 초고 두루마리는 미국과 영국, 프랑스의 박물관과 도서관에 두루 전시되었다.

《웃음과 망각의 책》

밀란 쿤데라

줄거리

1968년 소련 침공 이후 프라하에 살던 체코 시민들과 망명자들의 삶을 다룬 일곱 편의 이야기.

책 속 인생 수업

전체주의는 역사를 바꾸고, 기억을 고쳐 쓰거나 지운다. 사람들은 종종 개인적 혹은 감정적 이유로 기억을 소환하거나 망각하는 쪽을 선택한다.

1970년대 후반 정치적 박해를 피해 프랑스로 망명한 체코 작가 밀란 쿤데라가 1979년에 발표한 《웃음과 망각의 책》은 '기억과 망각'이라는 주제를 다루고 있다. 모두 7부, 일곱 편의 이야기로 구성된 이 소설은 결코 평범한 단편집이 아니다. 매 부마다 등장인물이 바뀌고, 다루는 이야기도 인과 관계 없이 전개된다. 그러나 각각의 이야기에는 저자의 목소리가 개입해서 기억, 웃음의 본질과 원천, 인간의 자기보호 능력, 망명자로서의 삶 등 특정한 주제를 아우르는 철학적 문제에 대해 의견을 내거나 사색한다.

독립적인 각 단편들은 직접적이지는 않지만 '기억과 망각'이라는 주제 아래 이야기가 교차되기도 한다. 일례로 '잃어버린 편지들'이라는 같은 제목을 공유하는 1부와 4부에는 편지를 찾는 인물이 등장하는데, 그 두 사람의 목적은 완전히 상반된다. 1부에서 미레크는 연인과 헤어진 뒤 자신의 인생과 기억에서 애인의 흔적을 지워버리기 위해 연애편지를 되찾아 오려하지만, 4부에서 망명자로 살아가는 타미나는 죽은 남편과의 기억을 보존하기 위해 편지를 되찾으려 한다.

이 소설은 마술적 사실주의의 요소를 갖추고 있기도 하다. 볼테르, 레르몬토프, 괴테, 페트라르카 등 죽은 시인들을 만나는 이야기는 역사의 보존과 창조적 충동에 관한 반어적 농담이다. 《웃음과 망각의 책》은 한 개인의 기억부터 역사적 기억에 이르기까지, '기억하고 잊힌다'는 것의 의미를 다시 한번 생각하는 기회를 제공하며, 특히 전체주의의 억압에 직면했을 때 기억을 보존하는 것이 얼마나 중요한지 보여준다.

《기억》

앨리스 먼로

줄거리

어느 미망인이 30년 전에 나눈 찰나의 정사를 떠올리며 의미심장한 디테일을 재발견한다.

책 속 인생 수업

우리가 기억하기로 선택하는 것과 잊기로 선택하는 것들을 보라. 인간의 기억이란 얼마나 신비로운가.

이 소설은 단편 작가로서는 최초로 노벨문학상을 받은 캐나다 작가 앨리스 먼로의 단편으로, 2001년 발표된 단편집 《미움, 우정, 구애, 사랑, 결혼》에 수록된 작품이다.

노년에 접어든 미망인 메리얼은 과거 20대 후반에 있었던 일을 회상한다. 남편 피에르의 죽마고우 장례식에 참석한 메리얼은 그곳에서 젊은 의사를 만난다. 장례식 장소가 메리얼의 오랜 지인이었던 노부인 뮤리얼(메리얼의 친정 엄마는 그 분의 이름을 따서 딸의 이름을 지었다)이 있는 요양원 근처였기 때문에, 메리얼은 그 요양원을 방문하기로 한다. 젊은 의사는 그녀를 그곳까지 태워다주겠다고 하고, 두 사람은 짤막한 밀회를 즐긴다. 그 밀회는 딱 하루 동안 일어난 일이었고, 메리얼은 그 뒤로 다시는 그 의사와 연락하지도 보지도 못했지만 그날의 기억은 생생하게 남는다.

메리얼은 그 기억을 자세히 들여다보면서, 자신이 그 남자와 보낸 짧은 순간을 다시 상상하기 시작하고, 머릿속으로 배경과 장면, 디테일을 바꾼 유사한 서사를 만들어낸다. 그리고 두 사람의 관계가 지속됐다면 자신의 삶이 어떻게 달라졌을지 생각해본다.

이 새로운 상상으로의 도피는 메리얼의 자의식에 더할 나위 없이 중요하게 작용한다. 그 일은 그녀의 인생에서 그저 찰나의 순간에 지나지 않았지만, 그 순간을 기억하는 행위는 그녀에게 살아 있음을 느끼게 해주었고, 그래서 그녀는 그 기억을 보존하기로 한다.

> 그녀는 모든 것을 기억해야만 했다. '기억'한다는 것은 한 번 더 그 순간을 경험하고, 그다음 영원토록 간직하는 것이었다.

감사의 글

이 책이 나오기까지 도움을 주고 지원해준 분들에게 감사드립니다. 나를 이 프로젝트에 불러주고, 인내해주고, 지원을 아끼지 않은 나의 편집자 마이클 오마라 북스의 루이스 딕슨, 횡설수설하는 나의 글을 꼼꼼히 살펴준 메레디스 맥아들, 우아한 재능을 발휘해준 표지 디자이너 나타샤 르 쿨트르와 텍스트 디자이너 에드 픽포드, 수천 권의 책을 열람할 수 있게 해준 R 루카스와 서섹스 대학교 도서관의 사서들. 그리고 마지막으로 세상의 모든 도서관들과 책방, 출판사들과 사서, 서점인, 작가를 비롯해 인쇄물의 신성함을 지키는 일을 하는 모든 분들께 진심으로 감사드립니다.

지적 생활을 위한 최소한의 세계문학 가이드 100

초판 1쇄 발행 2024년 11월 30일

지은이 조지프 피어시
옮긴이 김현수

펴낸이 김진규
경영지원 정동윤
책임편집 또박편집공작소
디자인 손주영

펴낸곳 (주)시프 | 출판등록 2021년 2월 15일(제2021-000035호)
주소 경기도 고양시 덕양구 권율대로668 티오피클래식 209-2호
전화 070-7576-1412
팩스 0303-3448-3388
이메일 seepbooks@naver.com

ISBN 979-11-92421-40-7 03800